안중근 -제국주의를 저격한 휴머니스트

서연비람은 조선 시대 왕궁 내, 강론의 자리였던 서연(書筵)에서 강관(講官)이 왕세자에게 가르치던 경전의 요지를 수집하여 기록한 책(비람備覽)을 말합니다. 서연비람 출판사는 민주주의 국가의 주인인 시민들 역시 지속 가능한 과거와 현재, 미래의 이치를 깨우치고 체현해야 한다는 믿음으로 엄선한 도서를 발간합니다.

역사와 문학 비람북스 인물 시리즈

안중근–제국주의를 저격한 휴머니스트

초판 1쇄 2021년 06월 30일 2판 1쇄 2023년 07월 31일
지은이 김영균
편집주간 김종성
편집장 이상기
펴낸이 윤진성
펴낸곳 서연비람
등록 2016년 6월 29일 제 2016-000147호
주소 서울시 강남구 남부순환로 2909, 201-2호
전자주소 birambooks@daum.net

ⓒ 김영균 2021, Printed in Korea.

ISBN 979-11-89171-56-8 44810
ISBN 979-11-89171-26-1 (세트)

값 9,800원

역사와 문학

비람북스 인물시리즈

안중근

제국주의를 저격한 휴머니스트

김영균 지음

서연비람

차례

머리말

" 안중근 의사가 목숨을 바쳐가며 사랑했던 것은 무엇인가? "

바로 『안중근―제국주의를 저격한 휴머니스트』를 읽는 당신이다. 그분은 당신이 이 땅에서 우리말과 우리글을 쓰며 누구의 속박도 받지 않고 마음껏 행복을 누릴 수 있기를 바란다. 이 책을 읽는 당신이 대한국인으로 이 땅의 당당한 주인이기를 바란다. 나아가 당신이 정의가 무엇인지 알고 그것을 실천하기를, 사랑의 진정한 의미를 깨달아 이웃과 함께 나누기를 바란다. 그래서 온 인류가 함께 손잡고 평화의 합창을 할 수 있기를 바란다. 이것이 그분의 진정한 바람이다. 이토 히로부미를 저격한 것은 그분의 웅대한 생각과 단단한 의지의 한 표상일 뿐, 그분 사상의 깊이와 자애로움은 인류 한 사람 한 사람 모두를 내 가족처럼 품고도 남을 만큼 크다.

늘 안중근 의사를 흠모하고 그분처럼 살고자 노력해오던 차에 그분의 이야기를 소설로 쓸 기회가 주어진 것에 나는 감사했다. 무거운 책임감 속에서 우리 역사를 다시 공부하고 안중근 의사와 관련된 많은 글을 탐독했다. 글을 쓰는 내내 그분과 대화를 나누며 감정 이입해 살았다. 그분의 생각과 말씀, 행동 하나하나를 반추하고 내 안에 살려서 그것을 원고지에 옮겼다. 그분과 함께 대화를 나누는 것은 나를 정화하는 일이었고 남은 생을 어떻게 살아가야 하는지 답을 찾아내는 일이었다.

내 안에 안중근 의사의 호방함과 정의로움, 평화를 사랑하는 정신이 깊게 밴 만큼이나 이 책을 읽는 청소년 독자들 모두가 그분을 닮아 사랑, 평화 그리고 정의를 사랑하는 사람으로 자라나기를 바란다.

원고를 쓰는 동안 안중근 의사에 대해 새로운 안목을 갖게 해 준 선배 문인과 학자, 안중근 의사 기념관 관계자들에 감사의 말씀을 드린다. 이들로부터 안중근 의사의 세세한 생애와 행적을 좇는데, 많은 도움을 받았다. 내 소설을 '역사와 문학 비람북스 인물 시리즈'의 한 권으로 출간할 기회를 주신 서연비람 운영진과 기획·편집진에게도 감사의 말씀을 드린다.

내 곁을 지나 지금 어딘가에서 대한국인으로 우뚝 서 있을 제자들에게 부족했던 선생의 가르침을 이 책으로 대신하고 싶다.

2021년 5월

아차산 자락에서 저자 김영균

1부 청계동 시절

1 '안응칠 역사'를 쓰다

1910년 2월.

뤼순 감옥 교도관 당직실 옆 독방.

영하 10도를 오르내리는 아침의 냉기가 얇은 벽을 뚫고 들어와 송곳처럼 피부를 찔러댄다. 구리하라 교도소장의 배려로 두터운 내복을 입고 있는데도 이 정도인데, 무명옷 하나만 걸친 채 좁고 구석진 감방에서 추위를 견디고 있을 우덕순, 조도선, 유동하 동지에게 생각이 미치자, 나 혼자 호사스러운 감옥 생활을 하는 것 같아 몸 둘 바를 모르겠다. 어제 있었던 선고 공판 결과 세 동지의 형기가 그리 길지 않은 것이 천만다행이다. 그들을 위해 간절한 아침 기도를 올린다.

지바 도시치 경위가 전해 준 필묵과 종이를 펼쳤다. 벼루 위에 물을 따르고 천천히 먹을 갈기 시작했다.

"피고 안중근을 사형에 처한다."

문득 마나베 재판관의 선고가 머리를 때린다.

"으하하하하! 이토를 처벌한 대가가 겨우 사형이란 말이냐?

너희 일본 국민이 이토를 사랑하는 만큼의 형을 내게 다오."

그렇다. 나는 대한 독립군 참모 중장으로 동양의 평화를 어지럽힌 이토를 처단했다. 대장부가 이 세상에 태어나 목적한 바를 달성했으니 더 이상 구할 것이 무엇인가. 나는 더 살고 싶은 마음이 티끌만큼도 없다. 다만 아직도 저희가 무엇을 잘못했는지 깨닫지 못하고 지금까지 자행해 왔던 대로 침략 전쟁을 지속할까 그것이 걱정일 뿐이다. 그렇다면 제2, 제3의 안중근이 저들의 야욕을 분쇄할 것이며, 결국 저들의 패망으로 이어지리라. 그들은 그들이 가고 있는 길을 모른다. 그 끝이 어디인지 가 봐야 안단 말인가?

나는 생각을 떨치기 위해 먹을 쥔 오른 손가락에 힘을 가했다. 부드득! 먹이 자신을 벼루에 문대며 전율했다. 먹조차도 자신을 소모하며 이렇게 자지러지는데, 하물며 제국주의 노략질의 제물이 되는 식민지인들은 지금 이 순간 세상 곳곳에서 얼마나 큰 고통에 시달리고 있을 것인가?

책상 한편에 곱게 접힌 채 놓인 어머니의 편지에 눈이 간다. 어제 동생 정근과 공근으로부터 전해 받은 것이다.

"옳은 일을 한 것이니 비겁하게 목숨을 구걸하지 말라."

어머니의 편지를 받기 전 나는 이미 항소를 포기했다. 그들은 나를 사형에 처하고 싶은 것이다. 재판은 다만 형식이요, 절차일 뿐. 내가 그들의 형식과 절차를 미화하고 완성시켜 줄 필요까지는 없지 않은가.

"목숨을 구걸하지 말라."

이렇게 모진 편지를 쓰시며 어머니의 마음은 또 얼마나 녹아내렸을 것인가. 일제의 침략이 노골화되기 전에는 그저 평범한 안방마님이셨던 분이, 요 몇 년 사이에 얼마나 심신의 소모가 크실 것인가. 아버님도 그렇게 시달리다 가신 것을 생각하니 순간 마음의 평정이 흐트러졌다. 오른손 검지가 당장이라도 방아쇠를 당길 듯 팽팽해진다. 평생 가슴속에서 불타오르던 뜨거운 불기둥이 아직도 남아 있다니……. 이토의 죽음과 함께 사라진 줄 알았던 그 불기둥은 아직도 내 가슴속에 있었다. 아마도 조국의 완전한 독립을 본 후에야 사라지려나 보다.

갈던 먹을 가만히 내려놓고 눈을 감았다. 그러곤 숨을 깊이 들이마셨다.

중근!

그래, 넌 중근이야.

어린 시절의 응칠이가 아니라고.

숨을 천천히 내뱉으니 손가락에 힘이 풀리고 심장의 맥

이 잦아 든다.

할아버지가 너털웃음을 웃으셨다.

"세상에서 가장 영특한 우리 손자, 응칠아! 오늘부터 네 이름을 중근으로 바꾸자. 조금 더 진중해져야 해. 감정이 끓어오른다고 아무 때나 성을 내고, 아무 때나 힘을 써서는 큰일을 못하지."

"할아버지!"

중근은 나직이 할아버지를 불러 보았다.

"그래, 잘했다. 중근아!"

이제 머지않아 할아버지를 뵐 것이다. 자랑스럽게 할아버지를 뵈러 갈 것이다. 기다리세요, 할아버지!

이러고 있을 때가 아니다. 서둘러야 한다. 어제 만났던 하라이시 고등 법원장이 글을 쓸 수 있게 몇 달은 사형 집행을 보류해 준다 했다. 참으로 고마워 크게 하례를 했다. 하지만 모를 일이다. 그들이 어디 약속을 지키는 인종인가? 저희 유리한 대로 먼저 치고, 먼저 빠져나가는 게 일쑤인데.

종이를 책상 위에 반듯하게 폈다. 보얀 종이가 방긋 웃음을 머금고 기다린다. 아내 김아려의 얼굴이 또렷하다. 분도와 현생의 귀여운 모습이 겹쳐 오른다. 배 속에 있던 녀석은 준생이라고 이름하라 했는데 벌써 세 살이 되었겠군.

붓에 먹물을 듬뿍 묻혔다.

"안응칠 역사"

나는 1879년 대한국 황해도 해주부 수양산 아래에서 태어났다. 지금이 1910년이니까 서른두 살이다. 배와 가슴 부위에 일곱 개의 커다란 점이 북두칠성과 흡사하다 하여 응칠이라 이름하였다.

조상은 순흥 안씨 참판공파로서 순흥에서 해주로 이주하여 12~13대를 거치는 동안 처음에는 향리로서, 나중에는 무과에 진출한 향반으로 살아왔다. 특히 5대조 안기옥 대부터 조부 안인수 대까지 무과 급제자만 7명을 배출할 정도로 명망 있는 무반 가문이었다.

할아버지 이름은 안인수이다. 미곡상을 경영하여 해주, 봉산, 연안 일대의 대토지를 소유한, 황해도에서 2, 3위를 다투는 부자였다. 성품이 어질고 후덕했으며 도내에서는 자선가로서도 이름이 널리 알려졌다. 일찍이 진해 현감을 지냈으며 6남 3녀를 낳으셨다. 그 중 셋째 아들이 나의 아버지인 태훈이시다.

여섯 형제는 모두 글을 썩 잘했는데, 그중에서도 아버지는 재주와 지혜가 뛰어나 8~9세에 이미 사서삼경을 통달했고, 13~14세에 과거 공부를 시작했다. 중년에는 과거에 올라 진사가 되고, 어머니 조마리아와 결혼하였다. 어머니는 배천 조씨 가문으로, 오빠 조규증이 정3품의 수군 절제사를 지낼 정도로 나의 외가 역시 무반의 전통이 강한 가문이었다.

안태훈과 조마리아는 3남 1녀를 낳으니, 맏이는 중근, 둘째는 성녀, 셋째는 정근, 넷째는 공근이다.

1884년 갑신년에 큰 정변이 있었다. 이때부터 대한국에 밀려온 외세의 파고가 우리 가족까지도 흔들기 시작하였다. 개화사상에 경도되어 있던 아버지는 이즈음 서울에 머물고 있었는데, 박영효가 주도하는 젊은 유학도 70명에 선정된 것이 화근이었다. 정변이 실패하자 박영효는 일본으로 달아났고, 그 동지들과 학생들은 살육을 당하거나 귀양을 가야 했다.

내 아버지는 몸을 피하여 달아나 고향 집으로 와서 숨어 살며 할아버지와 의논하였다.

"국사가 날로 잘못되어 가니 부귀공명은 바랄 것이 못 됩니다. 일찌감치 산에 들어가 살면서 구름 아래 밭이나 갈고, 달밤에 고기나 낚으며 세상을 마치는 것만 못하옵니다."

아버지의 말에 할아버지는 이사를 결심하였다. 집안 살림을 모두 팔고, 재산을 정리해 마차를 준비하여 무려 7~80명이나 되는 대가족을 이끌고 신천군 청계동 산중으로 이사를 했다. 이곳의 지형은 험준하나, 논밭이 제대로 갖추어 있고, 산수의 경치가 아름다워 그야말로 별유천지라 할 만했다.

그때의 내 나이 여섯. 그 후 1906년 진남포로 이사할 때까지 나는 청계동의 산과 들을 마음껏 누볐다. 내 짧은 삶에서 아무 걱정 없이 마음껏 호연지기를 키웠던 시간이다.

2 첫 전투

"저도 참여하겠습니다."

"넌 아직 어려."

"아버님, 제 나이 열여섯입니다. 올봄에 혼인까지 시켜 주셨잖습니까?"

"그래서 하는 말이다. 이제 새로 가정을 꾸렸으니 가장으로서 책임 있게 행동을 해야지."

"가장이 되었으니 집안을 위해 제 몫을 할 수 있게 해 주7십시오."

"흠……."

아버지는 썩 내키지 않는 눈치이셨다. 갓 결혼한 맏아들이 전쟁 중에 죽기라도 할까 봐 겁이 나신 듯했다.

"어제 사냥 대회에서도 제가 가장 큰 노루를 잡았잖습니까?"

"그건 놀이이고, 이건 목숨이 걸린 전쟁이다."

"아버님, 저의 말타기나 사격술은 모두가 인정하는 겁니다. 장 포수님도 제가 총을 제일 잘 쏜다고 매일 칭찬하시는걸요. 이 튼튼한 팔과 다리를 보세요."

나는 아버지 앞에서 펄쩍펄쩍 뛰어 보았다.

"중근아! 네 이름이 무슨 뜻인지 알지?"

"그럼요. 무슨 일이든 성급하게 하지 말고, 큰일과 작은 일을 구별해서 하라는 뜻이죠. 돌아가신 할아버지께서 귀에 못이 박이도록 하신 말씀인걸요."

"좋다. 자만하지 말고, 신중히 처신하는 조건으로 같이하도록 하자."

이렇게 해서 나는 청계동에 차려진 '갑오의려'[1]의 일원이 되어 동학군과의 전투에서 많은 승리를 거두게 된다.

1894년 무렵 동학당은 인내천[2] 사상과 외세 배척을 기치로 내걸고 사람들을 모집하여 전국적으로 엄청난 위세를 떨쳤다. 황해도에서도 동학군은 장연군, 신천군, 장수산성, 수양산성 등 신천군의 인근 지역을 모두 점령한 터였다.

---

1 갑오의려 : '갑오년에 조직한 민병'이라는 뜻으로, 안중근의 아버지 안태훈이 동학군과 맞서기 위해 청계동에 식객으로 있던 포수와 근처에서 모집한 청년 등으로 구성했다. 많을 때는 300여 명까지 되었다고 하나 청계동 전투 당시에는 70명 정도였던 것으로 알려진다. (필자 주)

2 인내천 : 동학의 창시자인 최제우의 지론으로, 사람이 곧 하늘이라는 뜻. 모든 사람은 평등하다는 것으로 당시 양반과 상민의 신분제 폐지의 의지가 담겨 있다.

그들은 아버지에게 비밀리에 사람을 보내 동학당에 함께 할 것을 권유하였다. 특히 황해도 접장으로 맹활약 중이던 스무 살의 김구가 아버지에게 동학당에 들 것을 권했다. 그러나 아버지는 나라에 반역할 수 없다고 이를 거절하였다. 대신 김구의 인물됨을 알아보신 아버지는 김구와 다음과 같은 밀약을 맺었다.

"저편에서 이편을 치지 아니하면 이쪽도 저쪽을 치지 아니한다. 피차 어려움에 빠질 경우 서로 도울 것이다.[3]

아버지는 동학당의 침입에 대비하여 평소 식객으로 머물던 포수들과 근방에 사는 젊은이들을 모아 '의려소'를 만들었다. 이때 동학군에게 밀리던 황해도 관찰사 정현석[4]이 아버지께 도움을 요청하였다. 그와 아버지는 개화파 지식인으로 서로 아는 사이였다. 이렇게 해서 나와 아버지는 동학군과의 여러 전투에 나서며 많은 전과를 올렸다.

그러자 청계동은 동학당의 표적이 되었다. 결국, 그해 겨

---

3 저편에서 이편을 ~ 도울 것이다 : 실제 관군에게 패한 김구 선생은 여기저기에서 숨어 지내다가 여의치 않자 청계동 안태훈의 집으로 와서 지낸다. 안태훈의 배려로 김구 선생의 온 가족이 함께 이사와 3개월 정도를 살았으나 결국 의견 차이로 결별하고 만다. 이때부터 김구 선생과 안중근 가문의 관계가 시작된다.

4 정현석 : 우리나라 최초의 사립학교인 '원산학사'를 설립한 사람으로 개화파 지식인이었다.

울이 시작될 무렵, 동학당의 황해도 접주 원용일이 2만의 병력을 이끌고 청계동으로 쳐들어왔다. 나와 아버지는 동구 앞 포대에 올라가 그들의 동태를 살폈다.

"아버님, 적의 군사가 너무 많은데요."

아버지는 묵묵히 그들을 주시하였다. 동학당의 깃발과 창칼이 햇빛을 가리고 북소리, 호각 소리, 고함이 천지를 뒤흔들었다. 그에 반해 우리 의병은 그 수가 70명을 넘지 못하였다. 마치 계란으로 바위를 치는 형국이었다. 포대 주변에 진을 치고 이들을 보던 의병들의 얼굴에 어두운 그늘이 드리워졌다.

동학당은 점점 청계동으로 근접해 왔다. 우리는 아버지의 주도로 이리저리 작전을 짜 보았지만, 어느 것 하나 만만한 것이 없어 근심만 커졌다.

이때 뜻밖의 상황이 벌어졌다. 때는 12월로 매우 추웠다. 갑자기 동풍이 불더니 큰비가 쏟아졌다. 제갈량이 한겨울에 동풍을 불러왔다더니 우리에게도 우리를 지켜 주는 누군가가 있었던 듯하다. 동학군은 갑옷이 모두 젖어 춥고, 그 한기를 이기지 못하여 청계동에서 북방으로 10여 리 정도 떨어진 박석골까지 물러가 밤을 지낼 준비를 하였다.

이 상황을 지켜본 아버지는 바로 장수들을 불렀다.

"만약 내일까지 이 자리에 앉은 채로 적병의 포위 공격을 받게 되면 중과부적으로 그들을 이길 도리가 없소. 그러니 오늘 밤 먼저 나가 적병을 습격하는 것이 어떻겠소?"

아버지의 말에 모두가 찬성하였다. 닭이 울자 새벽밥을 지어 먹고 정병 40명을 뽑아 출발시킨 후 남은 병정들은 청계동을 수비하게 했다.

나는 동지 6명과 함께 선봉 겸 정탐 독립대로 자원하였다. 전진 수색을 하면서 동학군의 대장이 있는 곳에 근접하여 숲속에서 적의 형세를 살폈다. 깃발이 바람에 휘날려 펄럭이고 불빛이 하늘에 치솟아 대낮 같은데, 사람은 사람대로 말들은 말대로 여기저기서 제각기 소란한 것이 도무지 질서가 없어 보였다.

그리하여 나는 동지들을 둘러보며 말하였다.

"지금 적진을 습격하기만 하면 반드시 성공할 것이오."

"우리 일곱 명이 어찌 적의 수만 대군을 대적할 수 있겠는가?"

동지들의 말에 나는 자신 있게 대답하였다.

"병법에 이르기를 '적을 알고 나를 알면 백전백승'이라고 했소. 지금 적은 오합지졸일 뿐이오. 우리 일곱 사람이 마음을 합치면 저런 역도들은 비록 백만을 헤아린다고 해도

겁날 것이 없소. 아직 날이 밝지 않았으니 지금 쳐들어가면 파죽지세가 될 것이오. 그러니 망설이지 말고 내 작전에 따라 주오."

이 말에 모두들 용기를 내어 고개를 끄덕였다. 우리는 산만 한 적진을 내려다보며 작전을 짰다. 동지들의 얼굴에서 두려움의 빛이 가시고 투지가 불타오르는 모습이 보이자 내가 힘주어 말했다.

"자기 임무만 잘하면 되오. 적은 순식간에 괴멸될 것이오."

일곱 쌍의 번뜩이는 눈이 어둠 속에서 빛났다. 우리는 작전대로 흩어졌다.

"돌격!"

내 호령과 함께 일곱 명이 일제히 동학군의 대장 쪽을 향해 연속 사격을 했다. 총성이 벼락처럼 천지를 뒤흔들고 탄환은 우박처럼 적진으로 날아들었다.

전혀 예측하지 못하고 있던 동학군은 우리의 습격에 혼비백산하여 갑옷도 걸치지 못하고 총도 들지 못한 채 서로 밀치고 밟으며 산과 들로 흩어져 달아나므로 우리는 파죽지세로 이들을 쫓았다.

이윽고 동이 텄다. 사물이 분간되자 쫓겨 가던 동학군들은 우리의 수가 얼마 되지 않는 것을 알아채고는 대열을 정비하더니 역습을 가해 왔다. 인원을 나누어 우리를 동서남북으로 에워싸고 총알을 빗발같이 날렸다. 형세가 다급해진 우리는 포위망을 뚫기 위해 안간힘을 썼으나 동학군의 포위망은 점점 좁혀 오고, 총알은 우리가 엄호 삼은 볏단에 와서 쉿! 쉿! 소리를 내며 박혔다.

'아차! 너무 깊숙이 쫓아왔구나.'

후회했지만 포위를 뚫을 묘책이 없었다.

그때였다.

갑자기 큰 포성이 울리며 한 부대의 군사들이 동학군의 포위망을 부수기 시작했다. 본진에 있던 우군이 지원을 온 것이다. 동학군은 이 위세에 놀라 포위망을 풀고 달아나기 시작했다.

"야호!"

우리는 다시 동학군을 쫓기 시작했다. 그들은 모든 것을 포기한 채 사방으로 흩어져 도망하였다. 전리품을 거두니 군기와 탄약이 수십 발이요, 말도 그 수를 헤아릴 수 없이 많았다. 군량은 천여 포대요, 동학군의 사상자는 수십 명에 달했다. 그러나 우리 의병들은 부상자가 한 명도 없었다. 그야말로 압승이었다.

기쁨에 취한 우리는 만세를 세 번 부른 뒤 청계동으로 개선하였다. 무엇보다 아버지께서 기뻐하셨다. 황해도 관찰사에게도 승전보를 알렸다.

이때 일본 위관 스즈키란 자가 군대를 이끌고 청계동 앞을 지나가다가 서신을 보내어 축하의 뜻을 표하였다. 나는 일본 군대가 몹시 못마땅하였다. 우리 땅 안에서 벌어진 일에 저희가 왜 군대를 이끌고 온단 말인가.

그 뒤로 동학군은 지리멸렬하였으나 대신 청나라와 싸워 이긴 일본 군대의 행진이 도내 곳곳에서 목격되었다. 여우를 피하니 호랑이를 만난 격이다.

동학군과의 전투를 치르고 나서 나는 크게 앓아누웠다. 날마다 돌아가신 할아버지가 나타났다.

"응칠아, 할아버지가 업어 줄까?"

"응칠아, 오늘부터 서예를 배워 보자."

"훌륭하신 어른을 모시고 왔다. 고능선5이라는 분이다. 이분이 앞으로 네게 공부를 가르쳐 주실 게다."

---

5 고능선(高能善, 1842년?~1922년?) : 조선 후기의 성리학자로, 안태훈 진사의 초청으로 청계동에 와 안중근 형제들과 백범 김구 선생을 가르쳤다. 후에 종교 문제로 안 진사와 갈등을 빚고 헤어진다. 특히 김구 선생에게 큰 영향을 끼쳤다.

이렇게 꿈속에서 할아버지를 만나 이승과 저승의 경계를 헤매기를 석 달.

어느 날 할아버지가 인사를 하셨다.

"이제 할아버지는 가마. 뿌리 깊은 나무는 흔들리지 않느니라. 정의의 편에 서서 옳은 일을 행하는 데 주저하지 마라. 정의는 타협하지 않는다. 그냥 행할 뿐이다, 중근아!"

그렇게 할아버지가 가신 후 나는 병석에서 일어났다. 첫번째 할아버지를 보낸 것은 14살 때였다. 그때도 나는 여섯 달을 앓아누웠었다. 늘 업어 주시던 할아버지의 등이 너무 그리워서 도저히 견딜 수가 없던 나는 날마다 할아버지를 부르며 눈물을 흘렸다. 먹지도 못하고 그저 누워만 있었다.

그때 여섯 달, 이번에 석 달.

그렇게 할아버지를 보낸 후 나는 정말 건강해졌다. 그때부터 지금까지 감기 한 번 걸리지 않고 지냈다. 천국에 계신 할아버지께서 각별히 지켜 주신 덕분이라고 나는 믿는다.

3 천주교와의 만남

내가 살아온 날들은 하루하루가 천지개벽의 시간이었다. 새로운 문물, 새로운 생각, 새로운 일들로 이 시대를 사는 우리는 풍랑을 만난 배처럼 어지러웠다. 그러니 누구는 동학당이 되고, 누구는 의군이 되고, 누구는 천주교인이 되고, 누구는 개신교인이 되고, 누구는 해외로 망명을 가고, 누구는 매국노가 되고, 누구는 자결하기도 하는 것이다. 시대가 사람을 만들고 있었다.

이 소란스러운 때에 하느님을 만나게 된 것에 대해 나는 오늘도 무한한 감사로 하루를 시작한다. 그러면서 내가 처음 하느님을 만나게 된 경위를 생각해 본다. 하느님을 만남으로써 우리 집안은 어려운 시대를 견뎌낼 수 있었고, 나는 온갖 고난을 헤쳐 여기까지 올 수 있었다.

동학당과의 전투에서 우리는 군량미 천여 석을 획득했다. 그런데 이것이 우리 집안에 큰 화를 가져올 줄이야.

전투를 통해 얻은 노획물이라 전투에 참여한 이들에게

보상으로 나눠 주기도 하고, 군량미로 사용하다 보니 그다음 해 여름경에는 남은 것이 거의 없었다. 그런데 그즈음 난데없이 정부에서 사람이 오더니 다음과 같이 윽박지르는 것이다.

"지난해 전쟁 때 실어온 천여 포대의 곡식은 원래 동학당들의 것이 아니오. 그 절반은 탁지부(재무부) 대신 어윤중이 사 두었던 것이고, 나머지는 전 선혜청 당상 민영준6이 농장에서 추수해 들인 곡식이오. 그러니 그때 뺏은 양곡을 지체 없이 모두 내놓으시오."

이 말에 아버지는 허허 웃음을 지으셨다. 여덟 달도 전에 있었던 일을 이제 와 문제 삼는 것도 그렇지만 이미 없어진 양곡을 어찌 내놓는단 말인가.

"어씨, 민씨 두 분의 쌀은 내가 알 바 아니오. 우리는 동학당의 진중에 있던 것을 직접 빼앗아 온 것이니 당신들은 다시는 그런 무리한 말을 하지 마시오."

심부름꾼이 아무런 수확도 없이 돌아가고 나서 얼마 후에 아버지와 교분이 두터웠던, 전판결사(前判決事) 김종한이

---

6 민영준 : 후에 민영휘(1852~1935)로 개명. 친일 반민족 행위자

편지를 보내왔다. 어윤중과 민영준이 잃어버린 곡식 포대를 찾을 욕심으로 황제에게 다음과 같이 무고를 하였다는 내용이었다.

"안 모가 막중한 국고금과 무역을 들인 쌀 천여 포대를 까닭 없이 도둑질해 먹었기에 알아본즉, 그 쌀로 병정 수천 명을 기르며 음모를 꾸미고 있습니다. 군대를 보내어 진압하지 않으면 앞으로 국가에 큰 환난이 닥칠 것입니다."

아버지는 문제의 심각성을 깨닫고, 곧바로 한성으로 향하였다. 한성에 이르러 여기저기 알아본 결과 김종한의 말대로 진행되는 중이었다. 아버지는 문제를 풀기 위해 갖은 애를 썼다. 재판도 서너 차례 받았으나 불리하게만 진행이 되었다.

아버지의 딱한 처지를 본 김종한이 정부에 다음과 같이 호소하기도 하였다.

"안 모는 본시 도적의 무리가 아닐뿐더러 의병을 일으켜 도적들을 무찌른 국가의 큰 공신이니 마땅히 그 공훈을 표창해야 할 일이거늘, 도리어 근사하지도 않고 당치도 않은 말로써 이렇게 모함할 수가 있습니까."

그러나 그들은 들은 체도 하지 않았다. 이때 뜻밖의 사건이 벌어졌다. 을미사변으로 신변의 위협을 느낀 고종 황제가 러시아 공사관으로 거처를 옮기고 나서 친일 내각을 역도로 규정하고 처형을 명령한 것이다. 탁지부 대신 어윤중도 벼슬을 박탈당하고 고향으로 가던 중 용인에서 원한을 갖고 있던 향반7 무리들에 의해 도살되고 말았다. 참으로 안타까운 일이다.

이 사건 전에 아버지는 어윤중에 대해 사사로운 감정이 조금도 없었다. 오히려 강직한 성품과 담대한 일 처리로 나라의 개혁을 진두지휘하던 그를 마음속으로 응원하고 있던 것인데, 양곡 사건으로 대립하게 되니 서운함이 적지 않은 때였다. 그런데 어쩌랴. 그는 이미 이 세상 사람이 아니니 아버지에게 더는 양곡 문제로 추궁할 일이 없을 터였다. 안타까움과 홀가분함이 아버지의 심기를 불편하게 했다.

그러나 어윤중보다 권력이 막강했던 민영준은 잇속에 매우 밝은 사람이라 더욱 집요하게 이 문제를 물고 늘어졌다. 역모죄로 다스리겠다고 위협까지 하였다. 상황이 수습할 수

---

7 향반 : 시골에 살면서 여러 대에 걸쳐 벼슬길에 오르지 못한 양반

없을 정도까지 이르자 아버지는 프랑스인들이 운영하던 천주교 성당8으로 몸을 숨겼다.

이곳에서 숨어 지내는 몇 달 동안 아버지는 신부님들에게 강연을 듣고 천주교 서적을 읽으며 천주교에 흠뻑 빠졌다. 석 달이 지나고 어지럽던 정국이 수습될 즈음 아버지는 이미 독실한 천주교 신자가 되어 있었다. 아버지는 양곡 문제로 서울로 향한 지 근 1년 만에 천주교 서적 120여 권을 수레에 싣고 천주교 교리에 밝은 이종래와 함께 청계동으로 돌아올 수 있었다.

국가에 충성한 결과, 역도가 되어 처벌을 받을 뻔했던 이 일은 토사구팽의 교훈을 뼈저리게 느끼도록 했다. 아울러 우리나라의 누추한 현실에 대해 가감 없이 아는 계기가 되었다. 정부의 고관대작도 서양인, 혹은 천주교 앞에서는 힘을 쓰지 못했다. 그들은 힘없는 백성들에게는 군림하지만, 외국 세력 앞에서는 고양이 앞의 쥐 신세였다. 나라의 꼴이 얼마나 우스운지 알 만했다. 오죽하면 임금이 궁을 버리고

---

8 종현 성당 : 지금의 명동 성당

남의 나라 공사관으로 도망가 지낸단 말인가. 황제의 러시아 공사관 피신과 아버지의 명동 성당 피신이 다를 것이 무엇인가. 위협에 대적할 힘이 없으니 다른 힘을 빌려 숨는 도리밖에.

그나마 어윤중처럼 쓸 만한 사람마저도 아버지를 핍박하다가 저세상으로 가 버린 지금, 나라가 왜놈의 손에 좌지우지되는 것은 필연적 결과이다.

우리 가족은 조상의 제사를 모셔야 하는 백부 안태진을 제외하고 나와 어머니, 아내, 일부 사촌들까지 36명이 빌렘 신부9에게 동시에 세례를 받아 정식으로 천주교 신자가 되었다. 이때가 1897년 1월의 일이다. 세례를 준비하며, 또 세례를 받은 후에도 나는 천주교 교리에 푹 빠졌다. 교리를 배우고 그것을 실천하는 것이 무엇보다 행복한 일이었다. 그래서 빌렘 신부, 아버지와 함께 황해도 전역을 찾아다니며 전도 활동을 하였고, 그 덕에 많은 사람이 천주교에 입교하게 되었다.10 이렇게 6~7년을 나는 천주교 신앙

---

9 빌렘(N. J. M. Willhelm 홍석구 1860~1936) : 프랑스 출신 천주교 신부이자 선교사. 1888년 선교사로 조선에 입국하여 안중근 가족과 특히 친밀한 관계를 유지함. 친일 성향의 뮈텔 주교와 갈등을 빚다가 1914년 프랑스로 귀국함.
10 많은 사람들이 천주교에 입교하게 되었다 : 천주교인의 폭증으로 안중근 일가

에 몰입해 지냈다.

동학군의 쌀 문제로 정부와 대립했던 것만큼이나 우리 가족이 다시 한번 관리들로부터 시달림을 당하는 일이 생겼다. 고종 황제께서는 대한제국의 탄생을 선포하고 새로운 나라를 이루기 위해 갖은 애를 쓰고 있었지만, 각 지방을 다스리는 관리들은 제멋대로 가렴주구에 골몰할 뿐이었다.

천주교인들은 이런 지방 관리들의 전횡에 장애가 되었다. 합리적이라고 생각되지 않는 명령에는 따르지 않았거니와 비리를 고발하고 그 시정을 요구했기 때문이다. 황해도 지방 관리들은 자신들의 명령에 고분고분 따르지 않는 우리 천주교인을 매우 미워하였다. 크고 작은 일로 아버지와 작은아버지를 비롯해 많은 천주교인이 수시로 황해도와

는 청계동에 천주교 본당을 축성한다. 이 청계동 성당은 황해도에서 두 번째로 큰 규모로, 빌렘은 주임 신부가 되어 교목의 책임을 맡았다. 이에 따라 청계동 성당은 황해도 포교 사업의 지휘부와 같은 역할을 했다. 청계동 성당의 교세는 날로 확장되어, 1898년 교인 수 140명이었던 것이 1900년에는 25개 공소에 영세 신자 800여 명, 예비 신자 600여 명으로 늘고 1902년에는 영세 신자의 수가 1,200여 명에 이르러 주일 예배 행사 때에는 성당 안으로 들어가지 못한 신도들이 마당에까지 가득 찰 정도가 되었다. 이처럼 놀라울 정도의 교세 신장은 안중근 부자의 적극적인 전도와 함께 관리들의 횡포에 시달리던 인근 백성에게 천주교가 방패막이가 되어 준 까닭도 작용했다.(김삼웅, 『안중근 평전』, 시대의 창, 2009.)

해주부 청사를 드나들어야 했다.

마침 몇몇 부랑인들이 천주교인인 양 행세하며 난동을 피우는 일이 생기자 황해도에서는 교인들의 행패로 행정과 사법을 할 수 없다며 천주교인들을 정부에 모함하는 일이 벌어졌다. 정부에서는 사핵사 이응익을 해주부에 특파하고, 순경과 병사들을 풀어 천주교의 우두머리들을 모두 잡아들이도록 했다.[11] 청계동에도 이들이 두세 차례 왔는데 우리 가족과 교인이 힘을 합해 항거한 끝에 작은아버지만 잡혀가고, 아버지는 화를 면한 뒤 한동안 다른 곳으로 피신하여 지내게 되었다. 내가 한양으로 뮈텔 주교를 찾아가 구원을 요청하는 등 몇 달에 걸쳐 각고의 노력을 한 끝에야 아버지는 집으로 돌아올 수 있었다. 그러나 부패한 대한제국의 형국에 참담함을 금치 못하던 아버지는 술을 벗 삼아 지내다가 결국 화병에 걸리고 말았다.

이렇게 몇 번의 위기가 있었지만, 우리 집안은 천주교에

---

11 마침 몇몇 ~ 잡아들이도록 했다 : 1900년에서 1903년 사이에 황해도 지방에서 일어난 천주교 신자들과 민간인, 그리고 관청과의 충돌로 빚어진 소송 사건으로 '해서교안'이라 부른다. 황해도 지역에 천주교도가 급속히 증가하면서 관리들의 박해가 심해지자 교도들이 반발하면서 갈등이 벌어졌다. 3년여 동안 교도들의 반발이 일어나면서 이 지역 천주교의 본부 역할을 하던 안태훈 형제들이 시달림을 당했다.

의지하여 무능한 정권과 일제의 압제에도 꿋꿋하게 버티고 있었다. 그것은 아버지의 현명한 판단이었고, 내게는 삶의 중심을 세우는 일이었다. 천주교를 통해 나는 서양의 힘을 느꼈다. 동시에 그들의 무력과 그들의 기술과 그들의 학문을 압도할 동양의 저력을 보여 주고 싶은 생각이 간절했다. 동양 삼국이 힘을 합한다면 그리 어려운 일도 아닐 거라는 데 늘 생각이 미쳤다.

4 지행일치

見利思義 見危授命(견리사의 견위수명)

이익을 보거든 정의로움을 생각하고, 위태로움을 보거든 목숨을 바쳐라

마지막 획을 긋고 글의 내용을 다시 한번 음미하자 내 온몸과 마음이 뜨거워진다.

이렇게 살고자 얼마나 애를 써 왔던가.

쉽지는 않았지만 내 푸른 시절은 그렇게 사사로운 이익에 앞서 의로움에 바쳐진 날들이었다. 열 살, 고능선 선생님께 논어를 배울 때 선생님께서 누누이 강조하신 말씀이다. 고능선 선생님은 한학의 대가이셨다. 그런 분을 할아버지는 내 선생님으로 모셔 와 가르침을 받도록 했다. 나는 들로 산으로 사냥을 하러 다니는 중에도 선생님과 공부하는 시간만큼은 놓치지 않기 위해 애썼다. 할아버지께서 글 공부에 게을리하는 것을 용납지 않으셨기 때문이기도 하고, 공부에 몰입하는 즐거움이 자못 컸기 때문이다.

선생님께서는 시간만 보내는 공부가 아니라 글자 하나하나의 의미를 마음속에 각인하고, 공부한 내용과 삶이 일치되어야 한다고 강조하셨다. 지금도 내 머릿속에 떠다니는 많은 문장은 내 몸을 이루는 장기와 같이 나와 뗄 수 없는 것들이다. 공부는 살아 있어야 한다. 마지못해 하는 것은 공부가 아니다.

나는 열심히 공부했고, 또 그것을 실천하기 위해 애를 썼다. 내 푸른 시절, 그래서 나는 여기저기 많이 부딪혀야 했고, 그것을 통해 더욱 단단한 나를 만들어 갔다.

글씨를 보니 오늘 쓴 다섯 편 중 가장 나아 보인다. 아직 내 글씨를 기다리고 있는 종이들이 한가득 쌓여 있다. 감옥과 법원의 여러 관리들이 써 달라고 들여보내 준 것들이다.

그러나 오늘은 여기까지만 해야겠다. 할 일이 많다. '안응칠 역사'를 마쳐야 '동양 평화론'을 쓸 수 있다. 이러다가는 동양 평화론을 마치지 못할 수도 있겠다는 위기의식이 든다.

왼손바닥에 먹물을 묻혀 오늘 쓴 다섯 편의 글에 낙인 대신 찍고는 간수를 불렀다. 아오키 간수부장이 큰절을 한 뒤 내가 내준 글씨를 보물이라도 되는 듯 소중히 받쳐 들고 나간다.

간수, 통역, 스님, 검사, 판사.

이들 일본인 하나하나를 보면 어린양처럼 순하디순하다. 그런데 그 집단의 광기는 걷잡을 수가 없으니 알 수 없는 노릇이다.

"후……!"

한숨이 절로 나온다.

어제 쓰던 내 이야기를 이어 가야겠다.

한국인은 제 땅에 살면서 주인 대접을 받지 못하고 있었다. 무엇보다 관리들이 자기 주민들을 낮잡아 본다. 그러니 왜인, 청국인, 서양인들이 한국인을 보는 시선은 오죽하랴.

한성에 사는 김중환이라는 참판이 옹진군에 사는 사람의 돈 오천 냥을 빼앗아 간 일이 있었다. 나는 옹진군민을 대신하여 한성 김중환 참판 집을 찾아갔다. 마침 김중환의 집은 많은 손님으로 북적였다.

"무슨 일로 찾아왔는가?"

통성명 후 김중환이 먼저 물었다.

"만일 한성에 있는 한 대관이 시골 백성의 재산 몇 천 냥을 억지로 뺏고 돌려주지 않는다면 그것은 법률로 다스릴 수가 있습니까?"

내 말에 한참을 잠자코 있다가 그가 입을 뗐다.

"그것이 내게 관계된 일이나 아닌지……."

"그렇습니다. 공께서는 무슨 연고로 옹진군민의 재산 오천 냥을 억지로 뺏고는 갚지 않는 것입니까?"

"지금은 돈이 없어 갚지 못하겠고, 뒷날 갚도록 하겠네."

"그럴 수 없습니다. 이 같은 고대광실에 많은 물건을 갖춰 놓고 살면서 오천 냥이 없다고 한다면 어느 누가 믿겠습니까?"

이에 우리가 문답하는 것을 듣고 있던 한 관원이 큰 소리로 나를 꾸짖었다.

"김 참판께서는 연세가 높은 대관이요. 그대는 나이 젊은 시골 백성으로 어디서 감히 이렇게 불경한 말을 할 수 있는가?"

나는 웃으며 말했다.

"공은 옛글을 읽지 못했소? 예로부터 지금까지 어진 임금과 훌륭한 재상은 백성을 하늘처럼 알았고, 어두운 임금과 탐관오리들은 백성을 밥처럼 알았소. 그렇기에 백성이 부하면 나라가 부하고, 백성이 약하면 나라가 약해지는 것이오. 이처럼 어지러운 시대에 공들은 국가를 보필하는 신하로서 임금의 거룩한 뜻을 받들지 못하고 이같이 백성을 학대하니, 어찌 국가의 밝은 앞날을 기약할 수 있겠소?"

그러자 그 관원은 아무 말도 하지 못했다.

"두 사람은 서로 힐난할 것이 없네. 내가 며칠 뒤에 5천 냥을 갚겠으니 그대는 너그러이 용서하게."

이렇게 김중환은 자신의 잘못을 사과하고 돈 오천 냥을 돌려주기로 하였다.

해주에 사는 이경주라는 의사가 있다. 결혼한 지 몇 년이 되어 딸 하나를 낳고 행복하게 사는 평범한 집의 가장이었다. 그 장인이 천민이기는 하지만 부자라 장인의 덕에 이경주는 남부럽지 않게 큰 집에서 잘살고 있었다. 그런데 해주 지방대 병영 위관(尉官)인 한원교라는 자가 이를 시기하여 이경주가 한성으로 간 사이, 집과 아내를 빼앗고 집으로 돌아온 이경주를 부하들을 시켜 구타하고 내쫓았다.

하루아침에 가족과 집을 잃은 이경주는 육군 법원에 이 사실을 알렸지만, 한원교는 벼슬만 면직되었을 뿐 아내와 재산은 돌려주지 않았다. 나는 이경주를 도우려다 같이 법정에 서는 형국이 되었다. 법정에서 한원교를 보자 나는 분노하여 그를 크게 꾸짖었다.

"무릇 군인이란 국가의 중대한 임무를 맡은 사람이다. 그래서 충의의 마음을 배양하여 외적을 방어하고 강토를 지키며 백성을 보호하는 것이 당당한 군인의 직분인 것이다. 그런데 너는 위관이 되어 어진 백성의 아내를 강제로 뺏고 재산을 토색질하며 그 세력만 믿고서 꺼리는 것이 없으니, 너 같은 놈은 만 번 죽어도 아깝지 않다."

이런 내 말에 검사가 책상을 치며 오히려 나를 꾸짖었다. 그러고는 이경주와 함께 나를 가두도록 하려는 게 아닌가.

"어째서 나를 가둔다는 말인가. 나는 증인으로 불려 온 것이지 피고로 붙잡혀 온 것이 아니다. 법률에 죄 없는 사람 잡아 가두라는 조항이 있는가. 오늘과 같은 문명 시대에 그대는 어찌 감히 사사로이 법률을 집행하려 하는가!"

나는 말을 마치고 당당히 대문을 걸어 나왔다. 검사도 이런 나를 제지하지 못했다. 그러나 내 적극적인 도움에도 불구하고 이경주는 감옥에 갇히는 신세가 되었다가 출옥 후 한원교에 의해 살해되고 말았다. 법은 힘 있는 자의 편이었다.

금광 감독을 하는 주씨가 천주교를 비방하고 다녀 그 피해가 적지 않았다. 그래서 내가 천주교를 대표하여 주씨가 일하는 금광을 찾아갔다.

그의 사무실을 찾은 나는 천주교를 비방하는 까닭을 차근차근 따져 물었다. 그런데 얼마 지나지 않아 금광 인부 사오백 명이 몽둥이와 돌을 들고 험악한 기세로 몰려오는 것이 아닌가.

　　나는 순간적으로 허리에 차고 있던 단도를 오른손으로 뽑아 들고, 왼손으로는 주씨의 오른손을 잡고서 큰 소리로 꾸짖었다.

　　"네가 비록 백만 명의 무리를 가졌다고 해도 네 목숨은 내 손에 달렸으니 알아서 해라."

　　주씨가 잔뜩 겁을 집어먹고 둘러선 인부들을 물리쳐 내게 손을 못 대게 했다. 나는 주씨의 오른손을 쥔 채로 문밖으로 끌고 나와 십여 리를 동행한 뒤에야 그를 놓아 보냈다.

　　천주교를 받아들인 후 우리 가족의 삶은 천주교와 뗄 수 없는 관계를 가져왔다. 아버지는 물론 천주교인들에게 문제가 생길 때면 어김없이 빌렘 신부를 비롯한 천주교 신부님들의 도움으로 우리는 위기를 벗어날 수 있었다. 그러나 나는 하느님을 믿는 것이지 그들을 믿는 것은 아니었다. 그들은 그들의 종교를 전파하는 것이 목적이었고, 한국의 독립이나 한국인의 삶의 질에 관해서는 관심이 없었다.

특히 그들은 우리 한국인들을 일본인보다 훨씬 얕보고 있었다. 내게 세례를 준 홍 신부 역시 그랬다. 교인들의 말을 무시하고 하대하며 자기 마음대로 일을 처리하는 경우가 많았다. 심지어는 교인들을 때리고 가두기까지 했다.

어느 날, 그 정도가 심하다고 생각한 나는 교인들과 이 문제를 상의하였다.

"거룩한 교회 안에서 어찌 이 같은 도리가 있을 수 있겠소. 우리가 한마음으로 한성에 가서 민 주교에게 청원합시다. 만일 민 주교가 안 들어주면 로마 교황님께 품해서라도 기어이 이런 잘못은 고치도록 함이 어떻소?"

내 말에 모두가 따르기로 하였다. 그런데 이 말이 홍 신부의 귀에 들어갈 줄이야. 홍 신부는 나를 부르더니 큰 소리로 나무라기 시작했다. 그것도 부족해서 손으로 내 뺨을 사정없이 때리는 것이 아닌가. 마치 자신이 기르는 개나 소처럼 함부로 나를 구타했다.

내 가슴속 깊은 곳에 숨어 있던 뜨거운 불기둥이 끓어올랐다. 이때 할아버지의 음성이 들렸다.

'응칠아, 네가 왜 중근인 줄 알지?'

나는 그의 화가 모두 풀려 매질이 끝날 때까지 묵묵히 맞았다. 그것은 나에 대한 매라기보다 못난 한국인을 향한 서양인들의 질타라고 생각되었다.

'맞아도 싸. 힘이 없는 자의 비애인걸. 맞기 싫으면 힘을 기르든가. 그렇지 않다면 언제까지고 이렇게 맞아야 할 거야.'

내 안에서 속삭이는 이 말을 들으며 나는 그 매를 모두 감내했다. 그리고 그의 매가 끝나기를 기다려 그에게 차분히 말했다.

"우리가 신부님을 몰래 비난하고 신부님을 고발하려 한 것은 잘못한 것이오. 사과합니다. 그러나 신부님께서도 잘못은 고쳐 주시기 바랍니다."

나는 일일이 사례를 들어가며 홍신부의 평소 잘못을 지적하고 교인들의 뜻을 전했다. 홍 신부는 내 말에 기가 막히는지 아무 말도 못 하고 흥분하여 씩씩거리더니 그대로 가 버렸다. 나는 밤새 기도를 하였다. 오직 하느님을 믿게 해 달라고. 그리고 하느님을 우리에게 인도해 준 신부님들의 잘못을 용서해 달라고. 그들에 대해 실망하지 않게 해 달라고. 기도하다 지쳐 잠이 들었다.

다음 날, 홍 신부가 나를 찾아왔다.

"어제 일은 내가 잘못했네. 하느님께 회개할 것이니 용서하게."

지난밤의 내 기도가 통했다고 생각했다. 나는 그런 홍 신부를 뜨겁게 안았다.

"신부님, 괜찮습니다. 우리가 신부님을 배신한다고 생각하시니 많이 서운하셨지요. 우리가 잘못했습니다. 앞으로 신부님을 더욱 잘 모시겠습니다."

그렇게 해서 하느님에 대한 나의 시험은 지나갔다. 비 온 뒤에 땅이 굳는다고, 이후 홍 신부와 나의 사이는 훨씬 가까워졌다.

2부 진남포 시절

지금까지의 내 삶은 이후에 닥칠 일들을 준비하는 기간이었다고 생각한다. 글공부를 하고, 말 타고 사냥을 하고, 하느님을 영접한 일들, 이 모두가 나를 나답게 한 것이었다. 그리고 내 인생에서 마냥 행복하기만 한 시간이었다.

이처럼 평화로운 내 삶은 이토 히로부미를 만나면서 와해 되기 시작하는데, 어쩌면 내 삶은 그의 단죄를 위해 하느님께서 준비한 것이 아닐까 생각을 한다.

1 이토 히로부미[1]

"아버님, 좀 어떠세요?"

"괜찮다. 다녀온 일은 어찌 되었느냐?"

"말씀드리기 전에 일본과의 5조약의 진실부터 말씀을 드려야겠습니다. 5조약은 자발적인 것이 아니라 이토의 강압에 의한 것이었습니다."

"그렇겠지. 어찌 제 나라를 왜놈에게 넘길 수가 있겠느냐."

"러시아와 전쟁을 할 때는 동양의 평화를 유지하고 한국의 독립을 굳건히 하겠다고 떠벌리더니, 승리하고 나서는

---

1 이토 히로부미 : 하급 무사 집안 출신으로 10대 후반까지 번(일본 에도[江戶]) 시대에 쇼군으로부터 1만 석 이상의 토지를 공인받은 다이묘(大名)가 지배하는 영역 및 그 지배 기구를 가리키는 말]의 하급 무사 역할을 수행하면서 요시다 쇼인(존왕파 사상가이자 교육자로 메이지 일본의 설계도를 그린 선각자로 꼽힌다. 존왕양이 운동의 사상적 기반을 마련했다. 특히 정한론과 대동아공영권을 주장해 일본의 제국주의에 영향을 끼쳤으며, 오늘날 일본 우익의 뿌리이다)의 학당에서 수학하였다. 스승의 총애를 받았으며 그만큼 쇼인의 부국 강병론과 왕권 수호 사상에 깊이 물들었다. 막부 타도 운동에 가담하여 메이지 유신 시대를 여는데 기여한 공으로 정계에 입문한다. 국내외를 오가며 성공 가도를 달려 내각제 창설 후 1~4차 내각 총리를 역임한다. 49세에 독일의 헌법을 모방해 일본 헌법을 완성했다. 1860년대 정한론에 반대하고 단계적 병합을 추진했으며 청일 전쟁, 러일 전쟁, 을사조약 등 한국 병탄 절차를 계획하고 실행했다.

본심을 드러내고 있습니다."

병색이 완연한 아버지의 얼굴을 바라보며 나는 슬픔과 비분강개한 감정이 뒤섞인 음성으로 말했다.

"같은 동양인으로 일본이 이기기를 바랐더니만……."

"조국이 망하기 전에 이토 이놈이 먼저 망할 것입니다."

나는 가슴속에서 이는 뜨거운 불기둥을 지긋이 억누르며 낮고 결의에 찬 음성으로 덧붙였다.

청계동에서 내 일과의 중요한 부분을 차지하는 것은 '대한매일신보'와 '황성신문' 등 우국지사들이 만드는 신문을 탐독하는 일이었다. 외국에서 들어온 각종 역사책도 즐겨 읽었다. 이를 통해 국내와 세계정세에 대해 어느 정도 식견을 갖추고 있다고 자부했었는데, 지난 한 주일 경성에 와서 전 보안회[2] 회원들을 통해 접한 사실은 내가 얼마나 '우물 안 개구리'였는지를 깨닫게 했다.

이토는 한국 침략을 매우 용의주도하게 계획하고 실천해 왔다. 청일 전쟁을 지휘한 것도 그였고, 청과 시모노세키 강

---

2 보안회 : 1904년 7월 13일 일본의 조선 황무지 개간권 요구에 대항하기 위하여 서울에서 조직된 항일 단체. 안중근은 1904년 보안회를 방문해 가입하고, 무력으로 일제에 맞설 것을 제안하지만 거절당한다.(김삼웅, '안중근 평전', 시대의 창, 2009.)

화 조약을 체결한 것도 그였다. 민 황후가 러시아의 힘을 빌려 일본의 영향권에서 벗어나려 하자 민 황후 살해를 교사한 것도 역시 그였다. 1896년에는 한성을 방문하여 한국 침략 구상을 구체화하였다.

지난해에는 추밀원 의장으로 대러시아 전쟁을 주도했으며, 한국황실위문 특파대사로 고종을 알현하였다. 그리고 지난 11월 17일 한국의 대신들을 겁박하여 한일 협약이란 이름으로 보호 조약을 체결했다. 들리는 소문으로는 그가 초대 통감 자리에 오를 거라고 한다.

'무서운 놈이로구나. 이놈을 그냥 두면 우리나라뿐 아니라 동양 전체가, 아니 세계 전체가 쑥대밭이 되리라.'

나는 지난해 보안회 회의에 참석하여 하야시 곤스케3 일본 대리 공사, 부일배4 등을 처단하자고 제안했던 일을 떠올렸

---

3 하야시 곤스케 : 1887년 도쿄대학을 졸업하고, 외무성 공사관 서기관·통상국장을 지냈다. 1899년 주한전권공사에 임명된 후 조선의 식민지화를 위한 정치적 기반을 조성했다. 1904년 2월 러일 전쟁이 발발하자 한일의정서를 체결하여 일본에 필요한 전쟁 물자를 조선에서 공수했다. 8월에는 러일 전쟁 승세를 배경으로 제1차한일협약을 체결, 일본이 추천한 재정·외교 고문의 채용과 중요한 외교 안건에 대한 협의를 강요했다. 러일 전쟁이 일본의 승리로 끝나자 조선을 완전한 보호국으로 만들기 위해 1905년 11월 을사조약을 체결시켰다.
4 부일배 : 일본의 침략 정책에 동조하고 적극 협조하는 무리

다. 회원들의 반대가 심해 무산되었지만 나는 그 당시 20여 명의 결사대를 조직할 수 있었다. 그러나 지금 돌이켜 보면 그때 결행하지 않기를 잘했다는 생각이 든다. 그런 작은 일로는 아무것도 해결할 수 없다는 데에 생각이 이른 것이다. 동양의 암 덩어리의 근본은 바로 이토이다. 따라서 이토를 처단하는 것이 동양 평화를 달성하는 데 가장 시급한 일이다.

'이토를 어떻게 제거할까?'

총포를 구입할 때도, 아버지의 병환에 쓸 약을 살 때도, 날랜 말을 고를 때도 이 생각이 머릿속에서 떠나지 않았다.

그때 한 사건이 일어났다. 그것은 일본과 이토에 대한 증오로 불타오르는 내 가슴을 폭발시키고야 만다.

일행과 함께 수레를 끌고 청계동으로 가기 위해 시내를 지나는 길이었다. 양복을 입고 단발을 한 일본 사람들 여럿이 모여 시끄럽게 농을 치고 있었다. 그때 한 사람이 말을 타고 그들 곁을 지나가는데 일본 사람 패거리 중 덩치가 좋은 사람이 갑자기 말의 고삐를 잡더니 말 탄 이에게 일본 말로 뭐라고 위협을 하는 것이다.

말을 탄 이는 일본 말을 모르는지 그냥 점잖게 대꾸했다.

"무슨 일인데 그러시오? 고삐를 놓으시오!"

그러자 일본 말을 쓰는 이 사람이 다짜고짜로 말 탄 이를 잡아당겨 말에서 떨어뜨리는 것이 아닌가. 그리고 말의 고삐를 쥐고 자기 패거리들에게 끌고 가려고 하였다. 말에서 떨어진 한국 사람은 "어이구! 말 도둑이야. 도둑 잡아라. 도둑 잡아!" 하면서 큰 소리로 주변에 호소하였다.

아무도 나서는 이가 없었다.

가슴에서 이는 뜨거운 불길을 억누르며 내가 나서서 그자에게 물었다.

"이 말이 당신 말입니까?"

그러자 일본 말을 쓰는 이 사람이 갑자기 고함을 지르더니 내 가슴을 주먹으로 치는 것이다.

"아니, 이런 날강도가 있나?"

나는 얼른 주먹을 피하고는 왼손으로 그자의 멱살을 잡고 오른손으로는 권총을 꺼내어 그자의 복부를 겨누었다.

"나쁜 놈의 자식, 감히 이런 불법 행실을 하다니! 말을 주인에게 돌려주지 않으면 당장 죽여 버릴 테다."

이리 호통을 쳤다. 같은 일본인 패거리들은 주위를 돌아볼 뿐 겁을 먹고 감히 역성을 들지 못하였다.

"잘못했습니다. 말을 돌려주겠습니다."

그자는 손을 모아 싹싹 빌며 일본 말로 계속 사과를 했다.

"다시 한번 한국 사람들에게 행패를 부리면 총으로 머리를 날려 줄 테다."

나는 움켜 주었던 그자의 멱살을 놓아주고는 넘어져 있던 말 주인에게 고삐를 넘겼다.[5] 말 주인은 물론 주변에 몰려든 수많은 사람이 나를 칭송하였다. 그러고는 어디 사는 누구냐고 이구동성으로 물었다.

"황해도 사는 안중근이올시다."

나는 이렇게 말하고 일행과 함께 청계동으로 향하는 길을 재촉하였다. 그러나 행패 부리는 일본인을 혼낸 것으로 이토에 대한 분을 삭일 수는 없는 노릇이었다. 청계동으로 돌아오는 내내 내 마음속에서는 여러 가지 생각이 복잡하게 일었다.

'내 나라이되 더 이상 내 뜻을 펼 수 있는 곳이 아니로구나. 그렇다면 보안회 회원들이 말한 대로 상하이로라도 가야 할까?'

황성신문 장지연의 사설이 머릿속에 맴돌고, 자결한 민영환, 조병세 대감의 의기가 전해지는 듯했다. 지방에서 의

---

5 나는 ~ 고삐를 넘겼다 : 이 에피소드는 박은식의 '안중근전'에 실린 내용을 바탕으로 재구성한 것이다. (김삼웅, 『안중근 평전』, 시대의 창, 2009.)

병이 일고 있다는데 일본군을 당할 수나 있을지 심히 걱정스러웠다. 아까운 한국인의 목숨만 자꾸 잃는 형국이 되지 않을까 싶었다.

무엇보다 나라가 망해 가는데 청계동에서 천주교에 의지해 안이하게 사는 것은 백성으로서, 또한 장부로서 도리가 아니라는 데 생각이 미쳤다. 그것은 아버지의 생각이기도 하거니와, 그 방법을 찾으려는 것이 이번 경성 방문의 주목적이었다. 어떤 이는 간도를, 어떤 이는 러시아의 블라디보스토크를 권했지만 가까운 상해와 산둥반도를 추천하는 이들이 많았다.

'어디로 가야 하나?'

2 아버지를 여의다

"나를 좀 일으켜다오."

나는 무릎을 꿇고 아버지께 다가가 머리와 등을 받쳐 드렸다.

"끄응……."

신음과 함께 일어나 앉은 아버지가 가쁜 숨을 진정하고 입을 열었다.

"그래서 앞으로의 방책은 찾았느냐?"

나는 안타까운 마음으로 아버지를 응시하며 답하였다.

"무엇보다 아버님께서 먼저 쾌차하시기 바랍니다. 그런 다음에 방법을 찾아도 늦지 않을 것입니다."

"아니다. 나는 이미 병든 몸, 남은 식구들이라도 이 어려운 시절을 이겨 낼 방도를 찾아야지."

"무슨 말씀이십니까. 오늘 서울의 용한 의원에게 약을 지었으니 그걸 드시면 쾌차하실 것입니다. 아버님 치료가 우선입니다."

이렇게 말하면서도 나는 속으로 상하이로 이주하자는 말

을 해야 하나 망설였다. 경성 다녀오는 한 주일 동안 몰라
보게 수척해진 아버지를 보니 지난봄 청나라 의원에게 당
한 일이 떠올라 더욱 주저할 수밖에 없었다.

　청계동에서 멀지 않은 곳에 안악이라는 마을이 있다. 예
기치 않은 변고를 몇 차례 겪으면서 울화병이 생긴 아버지
는 여기저기 의원을 찾아다니며 신병을 치료하고자 애썼
다. 이날도 안악읍에 용하다는 청나라 의사가 있다 하여 치
료차 그를 방문하여 대화를 하는 중에 아버지는 이 청나라
의사로부터 가슴과 배를 발로 차이는 봉변을 당하였다. 하
인들이 달려들어 청국 의사를 제압하려는 것을 아버지는
대인배가 할 일이 아니라고 하여 그냥 집으로 돌아왔다고
한다.
　"뭐라고? 우리 아버지가!"
　안악에 사는 친구에게 사실을 전해 들은 나는 분노에 치
를 떨었다.
　"그자가 왜 그런 짓을 했는지 합당하게 설명하지 못한다
면 그냥 둘 수 없지."
　나는 친구와 함께 당장 청나라 의사를 찾았다.
　"계십니까?"

"누구라고 여쭐까요?"

하인이 나와 우리를 맞았다.

"안태훈 진사의 아들이 의사 선생님을 뵈러 왔다고 여쭈시오."

잠시 후 안으로 들어갔던 하인이 나와 말했다.

"선생님께서 뵙고 싶지 않다고 합니다."

"나는 만나 할 말이 있소이다."

하인의 만류에도 아랑곳하지 않고 나는 바로 청나라 의사가 있는 안채로 향하였다.

"아니, 어느 놈이 감히 허락도 없이 남의 집에 침입하는 거냐?"

푸른색 비단 창파오를 입은, 기골이 장대한 사내가 대청마루에 서서 호령했다.

"문안드리오. 안태훈 진사의 아들 안중근이라 하오."

내키지는 않았지만 나는 절을 하며 그에게 예를 갖추었다.

"네 이놈!"

절이 끝나기도 전에 청나라 의사가 칼을 휘두르며 내게 달려들었다. 나는 황급히 칼을 피하고 총을 꺼내 상대를 겨누었다.

"움직이면 쏘아 버릴 테다."

청나라 의사가 얼어붙은 듯 꼼짝하지 못했다. 친구가 청나라 의사에게 달려들어 그의 손목에서 칼을 낚아채 바닥에 내리치자 칼이 두 동강 나 버렸다.

나는 가슴속에서 끓어오르는 불덩이를 할아버지의 말씀을 떠올리며 겨우 누그러뜨리고 말했다.

"우리 아버지가 네게 무슨 잘못을 했기에 발길질을 했느냐?"

청국 의사가 부들부들 떨며 아무 말도 못 했다.

"내가 아버지께 효도를 한다면 당장 너를 죽여 없애야겠지만 사람의 도리로 용서를 할 것이다. 다시 한번 누구를 막론하고 한국 사람을 업신여긴다면 그땐 그냥 두지 않겠다."

나는 제풀에 쓰러지는 청나라 의사를 두고 친구와 함께 그 집을 나섰다. 그러나 그자는 가만히 있지 않았다. 그의 고발로 나는 한동안 관에 드나들어야 했고, 결국 그와 화해하는 것으로 결말을 지어야 했다.

이 일을 겪은 후 아버지는 울화병이 도져 시름시름 앓아눕기 시작했다. 병을 고치러 갔다가 더 큰 병을 얻은 셈이다. 내 나라 내 땅에서 주인인 내가 잘못한 것이 없음에도 이렇게 참고 타협하며 하루하루를 견뎌야 하는데, 중국 땅에 가서 산다면 더 큰 설움을 당할 수도 있다는 데 생각이 미치자 어찌해야 할지 갈피를 잡을 수 없었다. 그렇다고 아무 대책도 없이 한가롭게 청계동에 머무를 수는 없는 일이었다.

"아니, 경성 가서 그 방법을 찾아오랬더니 무엇을 한 것이냐?"

내가 계속 우물쭈물하고 있자 아버지가 힐난하듯 말씀하셨다.

"지금 중국 산둥반도와 상하이 등지에 한국인이 많이 산다고 합니다. 우리 집안도 그곳에 가서 살며 미래를 도모하는 것이 옳지 않을까 생각합니다."

나는 계획했던 것을 한꺼번에 토해내듯 말했다.

"괜찮은 생각이구나."

"하지만 무턱대고 갈 수는 없는 일이라 제가 먼저 그곳으로 가서 형세를 살피고 오겠습니다. 아버님께서는 그동안 비밀리에 가산을 정리하시고, 짐을 꾸리신 뒤 식구들과 진남포로 가 계십시오. 제가 돌아온 뒤 결행을 하지요."

"그래, 잘 생각했다. 이 나라의 미래가 네 손에 달렸다.

살고자 하면 죽을 것이요, 죽고자 하면 살 것이다. 이순신 장군의 말씀이시다. 이 말 명심하고 나라를 되찾는데 헌신하거라."

"얼른 다녀오겠습니다. 그간 옥체 잘 보존하고 계시옵소서."

그러나 아버지와의 대면은 이것이 마지막이었다. 내가 산둥반도와 상하이 등을 돌아보는 새, 가솔을 이끌고 진남포로 이사하던 중 병이 깊었던 아버지는 세상을 떠나고 만 것이다. 중국에서 귀국하여 이 사실을 접하고 나는 통곡을 하다가 몇 번을 까무러쳤다. 아버지의 병을 돌보는 것이 우선이어야 했는데, 아무 성과도 없이 중국을 다녀온 것이 내내 가슴에 사무치는 한이 되었다.

그간 아버지가 있어 모든 어려움을 이겨 낼 수 있었다. 그런데 이제는 내가 장남으로서 가족을 책임져야 한다. 나는 막중한 책임감에 몸을 떨었다.

어떻게 해야 하나?

내가 이 난국에 빠진 조국을 구할 수 있을까?

아니, 우리 가족만이라도 건사할 수 있을까?

나라를 위한다는 것은 무엇인가? 가족을 먼저 돌봐야 하는 것이 아닐까?

이런 여러 가지 생각이 청계동으로 돌아와 아버지의 상례를 치르는 내내 나를 괴롭혔다. 중국에서 겪은 일들이 뇌리를 스치고 지났다. 외국에 나가 사는 이들은 제 한 몸, 제 가족을 위할 뿐 나라의 독립에는 털끝만큼의 관심도 없었다.

　일찍이 대한제국의 요직을 두루 거치고 을사늑약 이후 상하이에 머물고 있던 민영익만 해도 그렇다. 그를 만나 앞으로 우리나라가 살아날 방도를 의논하고자 그의 집을 찾았으나 그는 문조차 열어 주지 않았다.

　나는 대문 밖에서 큰 소리로 이렇게 외치는 것으로 분을 삭이는 수밖에 없었다.

　"그대는 여러 대에 걸쳐 국록을 먹은 신하로서 이같이 어려운 때를 만나 전혀 사람 사랑하는 마음이 없이 베개를 높이 하고 편안히 누워 조국의 흥망을 잊어버리고 있으니, 세상에 어찌 이 같은 도리가 있을 수 있는가. 오늘날 나라가 위급해진 것은 그 죄가 전적으로 그대와 같은 대관들한테 있는 것이지. 민족의 허물에 달린 것이 아니기 때문에 얼굴이 부끄러워서 만나지 않는 것인가."

　서상근이라는 부자도 마찬가지였다. 나는 그를 찾아가 나라를 구할 방도에 대해 의논하고자 하였으나 그의 대답은 너무 실망스러운 것이었다.

"한국의 일을 나에게 말하지 마시오. 나는 일개 장사치로서 수십만 원 재정을 정부 고관에게 뺏기고 이렇게 몸을 피해서 여기 와 있는 것이오. 더구나 국가 정치가 백성들에게야 무슨 관계가 있을 것이오."

나는 열정을 다해 그를 설득하려 애썼다.

"만일 백성이 없다면 나라가 어디 있을 것이오. 더구나 나라란 몇몇 대관들의 나라가 아니라 당당한 2천만 민족의 나라인데, 국민이 국민 된 의무를 행하지 않고서 어찌 민권과 자유를 얻을 수 있을 것이오."

그러나 쇠귀에 경 읽기였다. 그들은 나라의 독립을 도모하고자 외국에 가 있는 것이 아니라 자신과 가족의 안일을 위해 조국을 저버린 것이다.

내 가족의 영화가 조국에 앞서는 것인가. 이런 갈등 속에 상하이에서 우연히 만난 프랑스인 곽 신부6의 충고를 나는 떠올렸다.

---

6 곽 신부 : 르각(C. Le Gac, 곽원량, 가롤로) 신부는 프랑스 사람으로, 한국에서 전도를 하며 안중근 의사와 교분이 두터운 사이였다. 당시 홍콩에서 한국으로 돌아가는 길에 상하이의 성당에서 우연히 안중근 의사와 만났다. 그는 한국의 독립 방안에 대해 안 의사에게 많은 제언을 하고, 안 의사는 귀국 후 그의 말대로 실천하기 위해 애썼다.

'그래, 빼앗긴 나라에서 살기 싫다고 모두 외국에 나가면 그야말로 일제가 바라는 형국인 게다. 이곳에 남아 할 수 있는 일을 시작하자.'

이렇게 결심한 나는 이듬해 봄, 1906년 3월에 가족을 데리고 청계동을 떠나 진남포로 이사하였다. 진남포는 상해로 가는 주요 지점이고, 중국의 상선이 수시로 드나드는 번창한 항구 도시이다. 돌아가신 아버지와 상해 이주 계획을 세우면서 진남포를 택한 것은 이와 같은 지리적 이점 때문이었다.

'그래, 여기에 망명의 거점을 마련하고, 그때까지는 국내에서 독립운동을 하자.'

3 학교장이 되다

돈의학교 교장실에서 운동장이 한눈에 내려다보였다.

"하나! 둘! 셋! 넷!"

목총을 멘 아이들이 힘찬 목소리와 함께 줄을 맞춰 행진하는 모습이 눈에 들어왔다. 한 시간 넘어 이를 지켜보는 내 입가에 미소가 절로 피었다. 교장을 맡은 후 나는 교련 과목을 신설하여 학생들에게 목총과 나팔, 북 등을 사용해 군대식 훈련을 하도록 하였다.

어린 시절 친구들이 내게 하던 말을 떠올렸다.

"그대 부친은 학문으로 명성이 자자한데, 자네는 글공부보다 사냥을 좋아하는가?"

그때마다 나는 이렇게 말했었다.

" 누구나 글공부만 한다면 나라는 누가 지키고 잡일은 누가 하겠는가? 각자 타고난 천분에 따라 자기 길이 있는 것일세. 초패왕 항우는 글공부를 해서 그리되었는가? 난 글공부도 좋지만, 무예를 익히는 것이 더 좋네."

내가 가족과 함께 진남포로 이사와 쓰러져가는 이 돈의

학교를 인수하고 키우기 시작한 것은, 어린 세대들이 미래 이 나라의 주인이기 때문이었다. 각자 맡은 일에 최선을 다 한다면 오늘처럼 나라를 잃는 일은 없었을 것이다. 어린 학 생들을 잘 키워 내는 것이 나라를 바로 세우는 일이라고 나 는 굳게 믿었다. 그래서 돌아가신 아버지와 나는 비밀리에 황해도 이곳저곳에 있는 농토를 팔아 돈을 모았던 것이다.

지난 몇 달 돈의학교를 운영하며 내내 구상하던 일을 실 행에 옮겨야겠다는 생각을 굳혔다.

'서양 수사회 가운데 박학한 선비를 선생으로 모셔다가 대학교를 설립하고 인재들을 가르친다면 이 난국을 타개할 인물을 배출할 수 있지 않을까?'

생각이 이에 미치자 나는 교장실을 나와 바로 홍 신부를 찾았다. 그리고 대학교 설립에 대한 내 구상을 말하였다.

"좋은 생각입니다. 그럼 경성에 가서 뮈텔 주교[7]님께 부 탁을 드려 봅시다."

우리 둘은 기세 좋게 경성의 뮈텔 주교에게 향했다.

---

7 뮈텔 주교(G. C. M. Mutel. 1854~1933. 민덕효) : 53년간(1880~1933) 한 국에 체류하면서 한국 가톨릭교회의 확립에 힘씀. 신학교를 창설하고 명동 성당 등을 건립

"반갑습니다. 그간 도마와 아버님의 노력으로 황해도 지역에 많은 신자가 생겼다는 소식을 전해 들었습니다. 너무 감사합니다."

뮈텔 주교가 나와 홍 신부를 반갑게 맞아들였다. 나는 뮈텔 주교의 환대에 기운이 나서 서툰 프랑스 말이지만 홍 신부의 도움을 받아가며 그를 찾아온 이유를 설명했다.

"주교님, 이천만 한국인 중 저는 다행히 천주님을 접하게 되어 세상이 만들어진 이치와 오늘날 세상이 어떻게 돌아가는지에 대해 어느 정도 생각하는 힘을 갖게 되었습니다. 그러나 아직도 대부분의 한국인들은 천주님이 있는지도 모르고, 이 시대에 우리가 어떻게 살아가야 하는지도 모르고 있습니다. 그래서 저는 대학교를 만들어 더 많은 한국인에게 하느님의 말씀과 세상의 이치에 대해 가르치고 싶습니다. 대학교를 설립할 수 있게 도와주십시오."

내 말을 들은 뮈텔 주교는 한동안 생각에 잠겨 있더니 뜻밖의 말을 했다.

"도마의 생각은 잘 알겠어요. 그러나 우리가 하는 일은 도마가 생각하는 일과 다르답니다. 우리는 하느님의 말씀을 세상에 널리 알리는 일만 할 뿐이에요. 학문을 가르치는 일은 우리가 할 일이 아닙니다. 더욱이 사람들이 똑똑해진다고 하느님의 말씀을 믿는 건 아니랍니다. 오히려 백지처럼 머릿속이 텅 비어 있는 상태가 하느님의 말씀을 전하기에 좋답니다. 그러니 이 일은 두 번 다시 얘기하지 마세요."

뮈텔 주교는 단호하게 잘라 말했다. 대학교를 설립하여 고급 인재를 육성할 수 있다는 생각에 한껏 부풀었던 나는 몇 번이나 재고해 줄 것을 부탁했지만 뮈텔 주교의 태도는 바뀌지 않았다.

나는 무엇이든 한 번 마음 먹고 시작을 하면 결코 포기하는 경우가 없었다. 시련에 좌절하지도 않는 성격이었다. 그런데 오래전부터 간절히 바라던 일이 이렇게 꺾이고 보니 상실감이 매우 컸다. 몇 년 전 홍 신부와의 다툼도 떠올랐다.

'서양인은 우리의 발전에는 관심이 없어. 그들을 믿어서는 안 돼.'[8]

이 일을 계기로 나는 프랑스어 배우기를 그쳤다. 대신 영어의 필요성에 생각이 이르렀다. 지금 세계를 호령하는 것

---

8 돈의학교 교정실 ~ 안 돼 : 안 의사가 뮈텔 주교를 찾아 대학 설립의 포부를 밝힌 것은 청계동 시절인 신앙생활 초기의 일이다. 본 작품에서는 이야기의 흐름을 원활히 하기 위해 이 사건을 진남포 시절로 바꾸어 보았다.

은 영국과 미국이 아닌가. 그렇다면 영어를 가르치는 학교라도 만들어 나라 밖에서 활동할 수 있는 인재를 기르자.

"어머니, 학교를 새로 만들어야겠습니다. 돈의학교는 초등 교육 기관으로 영어를 가르치기에는 무리가 있습니다. 더욱이 천주교 교리 위주로 교육을 해야 하는 어려움이 있습니다."

돈의학교는 남포 천주교에서 운영하던 것을 인수한 것이기에 그 교육 과정을 내 마음대로 결정할 수가 없는 한계가 있었다.

"그래, 아버지께서도 매우 좋아하셨을 게다. 뜻대로 하거라. 나라가 쓰러지는데 재산은 아껴 무엇 하겠니?"

이렇게 해서 나는 진남포에 '삼흥학교'라는 이름의 중등 교육 기관을 세웠다. 돈의학교와 삼흥학교를 세우고 운영하는 데 가산을 쏟아부었다. 여동생과 두 남동생도 학교 운영에 적극적이었다. 나는 젊은이들이 새로운 학문으로 무장해 가는 것이 뿌듯해 매일같이 두 학교를 오가며 학생과 선생들을 독려했다.

안창호, 이준 같은 애국지사들이 평양에 오면 달려가 그분들을 학교로 초청했다. 학생들과 함께 그분들의 연설을 듣는 것은 매우 유쾌한 일이었다. 학생들은 물론이요, 나도 세상에 대해 새로운 눈을 뜨는 것 같았기 때문이다.

一日不讀書 口中生荊棘(일일부독서 구중생형극)
하루라도 독서를 하지 않으면 입에 가시가 돋는다.

나는 학생들에게 이처럼 독서의 중요성을 강조하며 체력 향상과 신학문 연구에 매진할 것을 권했다. 우리 젊은이들을 이처럼 10년 정도만 기를 수 있는 시간이 주어진다면 이토 히로부미 따위는 아무것도 아닐 것이다. 교육이 곧 국력이다.

나는 날마다 교장실에 들어서며 이렇게 기도했다.

"하느님! 젊은이들이 깨우쳐 이 나라의 미래를 새롭게 열 수 있도록 보살펴 주소서."

그러나 이 시간에도 이토 히로부미는 한국 병합의 야욕을 하나씩 하나씩 실행에 옮기고 있음을 나는 여러 정보를 통해 알고 있었다. 그렇기에 마음은 더욱 다급해져 갔다.

4 망명

    돈의학교와 삼흥학교를 운영하며 나는 쓰러져가는 나라를 일으키기 위해 할 일을 부단히 찾았다. 그중 하나가 서북 학회9 활동이었다.

    서북학회에 참여한 인사들은 평안도 지역에서 민족 운동을 주도하는 명사들이었다. 나는 1907년 봄에 회원이 된 뒤, 서울 동문 밖 삼선평에서 열린 서북 학회 친목회에 참석하여 힘의 논리가 지배하는 세계의 정세에 대해 깊게 이해할 수 있었다. 냉혹한 세계 질서 속에서 한국이 할 수 있는 일이 많지 않음을 새삼 깨닫고, 내가 해야 할 일에 대해 다시금 숙고하는 계기가 되었다.

    특히, 진남포에서 행해진 안창호의 연설에 감명을 받은 후 나는 그와 함께 여러 차례 일제의 침략에 맞서야 하는

---

9 서북 학회 : 1906년 정운복(회장), 김영준(부회장), 박은식, 노백린, 안병찬, 안창호, 이갑 등이 중심이 되어 조직한 애국 계몽 운동 단체. 국민 교육회 등의 조직에 단초가 됨. 인재를 양성하고 대중을 일깨워 국권을 회복하고 인권 신장을 목표로 결성

한국인의 자세에 대해 연설을 하였다. 내가 러시아 망명 시절 동포들을 대상으로 연설회를 열어 큰 호응을 얻을 수 있었던 것도 이때 얻은 경험 덕분이었다.

같은 해 국채 보상 운동이 일어났다. 운동을 이끈 서상돈은 일본에서 빌린 국채 1,300만 원을 갚지 못하면 장차 나라를 잃을 것이라며, 2천만 동포 모두가 참여하는 국채 보상 운동을 제창했다. 그것이 전국으로 퍼져 가는 가운데 나는 자청하여 국채보상기성회 관서 지부를 개설하고 지부장이 되었다.

2월에는 평양 명륜당에서 천여 명의 선비들을 대상으로 국채 보상 운동의 당위성을 강조하는 연설을 하여 많은 사람이 공감하고 운동에 참여하는 계기를 만들었다. 그것은 나와 가족이 소지한 패물을 모두 국채 보상금으로 기부함으로써 모범을 보인 까닭이기도 하다. 어머니께서도 스스로 의연 활동에 참여하시어 은장도, 은가락지, 은귀걸이 등 20원 상당의 은 제품을 납부하셨다.

5월에는 동생 정근과 공근이 내 뜻을 받들어 삼흥학교 교원 및 학생들과 함께 34원의 국채 보상 의연금을 납부하였다. 이렇게 평안도 지역에서는 앞다투어 국채 보상회에 참여하는 사람들이 늘어만 갔다.

어느 날, 일본 형사 한 명이 우리 지부 사무실을 찾아와 넌지시 물었다.

"회원은 몇이나 되며 재정은 얼마나 모았는가?"

나는 일본인 형사를 쏘아보며 단호하게 말했다.

"회원은 2천만 명이고, 모금 목표는 일본으로부터 빌린 돈 1천3백만 원을 다 갚을 때까지요."

그러자 그자가 비웃으며 대꾸했다.

"조선 사람들이 그게 될까?"

"빚을 진 사람은 빚을 갚을 뿐이고, 빚을 준 사람은 빚을 받을 뿐이오. 거기에 무슨 문제가 있기에 이리 시비를 거는 것이오? 썩 나가시오!"

이자는 내 말에 화를 벌컥 내더니 내게 달려들어 주먹으로 치려고 하였다.

'이처럼 까닭 없이 욕을 본다면 2천만 겨레들이 더 많은 압제를 면치 못할 것이다. 어찌 이와 같은 수치를 달게 받을 수 있을 것인가?'

나는 가슴에서 끓어오르는 뜨거운 불길을 참지 못하고 그자를 상대하여 여러 차례 주먹을 치고받았다. 옆에서 보던 사람들이 애써 말려서야 나는 진정할 수 있었다. 그리고 반성하였다. 할아버지의 말씀을 어기고 작은 일에 흥분을 했던 것이다.

'할아버지! 중근으로 살겠습니다. 저의 힘은 큰 의를 행할 때만 사용하겠습니다.'

학교를 운영하고 국채 보상 운동을 전개하는 동안, 재산을 팔아 모아둔 돈이 거의 소진되어 갔다. 하지만 독립운동을 위해서는 무엇보다 돈이 필요했다. 나는 경비를 마련하고자 이해 7월 한재호, 송병운과 평양에서 '삼합의'라는 석탄 회사를 차렸다. 3인이 뜻을 합해 설립한 공동체를 표방하고 의욕적으로 시작했지만, 일본의 방해로 회사를 운영하기가 어려웠다. 일본은 교묘하게 우리 셋의 사이를 이간질해 사업을 어렵게 만들었다. 결국, 나는 수천 원의 손해를 보고 회사를 포기해야 했다.

국채 보상 운동, 석탄 회사 파산 등의 사건을 겪으며 나는 국내에서는 일제의 간섭으로 어떤 것도 뜻대로 할 수 없다는 사실을 다시금 확인했다. 독립운동을 위한 새로운 방법이 필요했다.

이때, 이토가 나를 화들짝 놀라게 했다. 1907년 7월 고종 황제께서 네덜란드 헤이그에서 열린 만국 평화 회의에 이준, 이상설, 이위종을 파견하여 을사조약의 부당함을 알리려 한 것이 밝혀지자, 이토는 고종 황제를 강제로 퇴위시키고, 순종을 형식상의 황제로 즉위시켰다. 그리고 7조약을 강제로 체결하였다. 그 결과 보안법, 신문법 등을 제정하여 항일 활동의 전파를 막았고, 군대를 폐지했으며 사법권마저 틀어쥐었다.

이토 이놈!

황제를 폐위시킨 죄.

5조약과 7조약을 강제로 체결한 죄.

무고한 한국인들을 학살한 죄.

군대를 해산시킨 죄.

너의 죄가 더욱 커지는구나. 그 대가를 톡톡히 치르리!

평화로운 방법으로는 더 이상 이토의 야욕을 잠재울 수 없음이 분명했다. 국외로 나가서 싸우자.

나는 간도로의 망명을 결심하고 먼저 청계동에 있는 아버지와 할아버지의 묘를 찾았다.

"중근답게 살겠습니다. 조상님들의 명예를 지키겠습니다. 지켜봐 주세요."

이렇게 큰소리로 다짐을 했다.

교회에 있던 빌렘 신부는 내 계획을 듣자 펄쩍 뛰었다.

"도마, 도마는 나라의 자식이기도 하지만 하느님의 자식이기도 해요. 일본의 힘은 상상할 수 없을 정도로 강하답니다. 그들을 상대로 싸우는 것은 자살 행위예요. 하느님은 자기 목숨을 함부로 하는 사람을 좋아하지 않아요. 지금처럼 이곳에서 학생들을 키우고 나라 독립을 위해 힘써 나가는 것이 훨씬 효과적이에요."

나는 빌렘 신부에게 미소 지으며 말했다.

"신부님의 말씀 감사합니다. 그러나 내게는 지금 조국이 곧 하느님입니다. 조국을 구하는 데 이 한목숨 바치겠습니다. 신부님, 저의 성공을 위해 기도해 주세요. 그리고 훗날 제가 신부님을 간절히 찾을 때가 있거들랑 꼭 제게 와 주세요."

빌렘 신부는 내가 한번 마음먹은 건 실천하고야 만다는 것을 잘 알기에 나를 꼭 안아 주며 말했다.

"하느님께 매일 기도하겠습니다."

그는 눈물을 흘리며 진심으로 내 성공을 빌어 주었다.

진남포로 돌아온 나는 정근, 공근 두 동생에게 내 계획을 말하고 가족을 잘 부양해 줄 것과 학교 운영까지도 부탁했다. 그리고 삼흥학교와 돈의학교 교사, 학생들을 모아 놓고 연설을 했다.

"지금 대한국인 모두가 제 몸과 가족만 돌보다가는 나라를 통째로 뺏길 판이오. 이에 나는 집과 나라를 떠나 외국에 가서 나라 독립을 위해 목숨을 바치기로 결정했소. 나라의 독립을 이루기 전에는 나는 결코 조국으로 돌아오지 않을 것이오.

여기 남아 있는 동포들은 작은 일이라도 나라를 위해 온 힘을 다하기 바라오. 특히 학생들은 하나라도 더 배우고 익혀 나라를 위해 도움이 되는 사람이 되어야 하오.

우리가 오늘날 망국의 위기에 처한 것은 사람들이 서로 단합하지 못하고 작은 일에서부터 큰일까지 다투기를 그치지 않는 까닭이오. 대의를 위해서는 사사로운 감정을 억제하고 서로 돕고 존중하며 겸손해야 하오. 나라가 망해 가는 줄은 모르고 자기의 이익과 주장을 관철하기 위해, 심지어 적을 끌어들여 상대를 제압하는 어리석은 짓을 우리는 지난 역사에서 되풀이해 왔소. 그러나 한민족이 화합하여 힘써 노력한다면 우리는 세계 속에 빛나는 역사를 만들 것이오.

여러분은 국내에서, 나는 해외에서 조국의 독립과 발전을 위해 최선을 다합시다."

이제 어머니께 인사를 드릴 차례였다. 아버지를 잃고 막막했던 그 심정이 다시 일었다. 하지만 이겨내야 한다. 어머니께서는 이미 알고 계시다는 듯 차분히 말씀하셨다.

"돌아가신 할아버지, 아버지의 말씀을 늘 새기거라. 큰일을 하는 사람은 늘 자신을 소중히 해야 한다. 네가 곧 조국이기 때문이다."

어머니께서 절을 하는 나를 안아 주셨다.

"어머니!"

나는 쏟아지는 눈물을 어머니께 보일까 봐 급히 어머니의 품을 빠져나왔다. 그리고 아내와 아이들에게 인사를 했다. 아내의 배 속에는 셋째가 들어 있어 만삭이었다.

"미안하오. 막내 낳는 것도 보지 못하여 참으로 미안하오. 아이들 잘 키워 주오. 그리고 아무리 힘들어도 나라를 원망하지는 마시오. 차라리 나를 원망하시오. 나라가 있어야 우리가 있는 것이오."

아내의 눈물을 뒤로하고, 나는 맏아들 분도와 딸 현생을 꼭 안아 주고는 바로 경성으로 출발했다. 하루를 지체할 수가 없었던 것은 여기저기에서 의병이 일고 흉흉한 소문이 길거리를 휩쓸고 다녔기 때문이다. 이 땅에 사는 이 어느 누구도 제정신으로 살기 어려운 때였다.

8월 1일.

동대문 훈련원 연병장으로 군인들이 하나둘 모여들었다. 대한제국 군대 해산식을 하기 위해서다. 예정 시각 오전 10시를 넘겨 오후 2시까지 집결한 병력은 1,800여 명. 대상 인원 중 절반이 불참했다. 불참한 이들은 1연대 1대대장 박승환 참령의 자결 소식을 듣고 남대문 근처에서 일본군과 시가전을 벌였다. 시가전은 치열했다.

나는 남문 밖 제중원에 머물며 이 시가전을 속절없이 지켜보았다. 당장 총을 들고 나가 싸우고 싶었지만, 어머니의 말씀을 다시 새겼다. 지금은 나설 때가 아니다.

밤 11시가 넘어 총성이 멎었고, 대한제국군대는 완전히 소멸되었다. 도로마다 대한제국군대의 시체로 넘쳐났다. 나는 안창호, 김필순, 그리고 미국 의사 몇 명과 함께 적십자 표를 달고 부상자를 부축하거나 들고 업어 병원으로 옮겼다. 그리고는 바로 간도로 가기 위하여 경성역으로 향하였다. 부산행 기차를 타려는 것이다.

덜컹거리는 기차에 몸을 싣고 가는 내내 한국군과 일본군 간의 전투 장면이 떠올라 치가 떨렸다.

기다려라. 이토!

내가 꼭 복수하리라.

3부 블라디보스토크 시절

블라디보스토크로 가는 기선의 갑판 위로 시월 말의 칼바람이 살을 엘 듯이 일었다. 시월이 이 정도인데 한겨울에는 오죽 추울 것인가. 그러나 내 머릿속에는 이 추위보다 일본과 청나라의 틈바구니에서 애써 가꾼 땅을 지키기 위해, 지금도 안간힘을 쓰고 있을 간도의 한국인들이 자꾸 어른거렸다. 동시에 저 너른 바다, 저 광대한 대륙을 호령하던 고구려·발해의 조상들 모습이 그들 위에 겹쳐졌다.

찬란했던 시절은 어디로 갔는가? 그리고 우리는 앞으로 어떻게 될 것인가? 나는 지금 무엇을 해야 하는가?

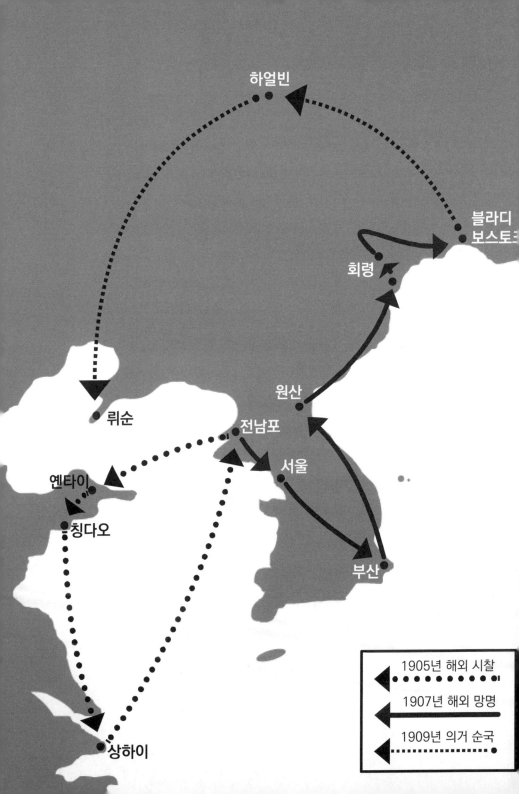

하얼빈

블라디
보스토크

회령

원산

뤼순

전남포

서울

옌타이

칭다오

부산

상하이

1905년 해외 시찰

1907년 해외 망명

1909년 의거 순국

1 블라디보스토크

1907년 8월.

조국을 잃고 나라 밖으로 가는 길은 험난하기만 했다. 아니, 나라를 구하는 일에 비하면 그 길은 오히려 탄탄대로라고 하는 게 옳을지도 모른다. 서울에서 부산으로, 부산에서 원산으로, 그리고 원산에서 청진, 회령을 거쳐 북간도의 중심지 용정에 도착했다.

용정은 우리나라의 여느 촌락과 다름없었다. 해란강이 남북으로 흐르고, 초가집 몇 채가 모여 마을을 이루고, 마을마다 황금빛으로 일렁이는 논이 펼쳐져 있었다. 그 논에서 허리 굽히고 피를 고르는 이들은 하얀 무명 적삼과 바지를 걸친 한국인들이었다.

나는 마을에 있는 천주교당부터 찾아 예배를 보고, 젊은 신부에게 빌렘 신부 얘기를 했더니 반갑게 맞아 주었다. 그리고 천주교인의 집으로 안내해 주었다.

"나를 비롯해 여기 사는 사람들 대부분이 저기 두만강 건너 함경도 살던 사람들이라오. 고종 황제 등극 전 할아버지를 모시고 건너왔으니 벌써 50년이 넘은 셈이지요. 조선에서는 도저히 살 수가 없었어요. 농사를 지으면 흉년이 드나 풍년이 드나 관리들이 뺏어 가는 바람에 남는 게 있어야지요. 하지만 이곳은 그렇게 뺏어 가는 이들이 없으니 얼마나 좋은지 몰랐소. 처음 이곳은 나무와 숲이 우거져 사람 살 만한 곳이 아니었지요. 그걸 억척스레 개간해서 이만한 농토를 만들었단 말이오."

조촐한 밥상을 내놓으며 젊은 부부는 자기들 삶의 애환을 털어놓았다.

"이제는 내가 애쓴 만큼 살 수 있으려나 했더니 웬걸 청나라 놈들이 와서 세금을 내라고 하지를 않나, 마적 떼가 나타나 사람을 죽이고 식량을 뺏어 가질 않나, 최근에는 일본 놈들까지 와서 감시를 시작했다오. 그래도 천주님이 지켜 주시기에 이만큼 사는 거라오."

그들에게 천주교는 커다란 의지처였다. 한국인들을 하나로 모으는 힘으로 작용했다. 그래서 용정에는 적지 않은 교회당이 생겼고, 선교사가 상주해 있었다.

나중에 블라디보스토크에 가서 만난 이범윤에게 들은 것이지만 한국 정부는 이곳 간도를 놓고 청나라와 대립하고 있었다. 정부는 간도에 사는 우리 민족을 보호하기 위해

1902년 북변 간도 관리사로 이범윤을 파견했다. 그러던 것이 을사늑약이 체결되면서 일제가 조선 통감부 간도 파출소를 세워 이곳 역시 일제의 손아귀에 들어가게 된 것이다.

나는 3개월 동안 이곳 용정과 명동, 훈춘에서 지내며 의병 활동을 모색해 보았다. 그러나 일제의 통제에 들어간 이곳은 의병을 모집하기에도, 훈련을 하기에도 적합하지가 않았다. 나라 밖이니 일제와 그 앞잡이들의 꼴은 안 볼 수 있겠다 싶었는데, 이곳 역시 일본 경찰과 일진회 무리들이 곳곳에서 한국 이주민들을 억압하고 정탐하는 현실에 한숨만 나왔다.

고구려와 발해의 영웅들이 말달리며 미래를 꿈꾸던 곳, 사방으로 탁 트인 광야에서 나는 오히려 서서히 조여 오는 일제의 마수에 숨이 막혀 왔다.

블라디보스토크는 10월 말인데도 벌써 영하의 기온이었다. 하지만 사람들은 어느 곳보다 따뜻했다. 4~5천 명의 한국인이 비교적 넉넉하게 살고 있었다. 한국인 학교도 몇 곳이 있어서 민족 교육에 열성이었다. 무엇보다 청년회가 조직되어 있어 나는 반가운 마음으로 앞뒤 가리지 않고 가입하였다.

이름은 계동 청년회.

내 역할은 임시 사찰이었다.

그러나 처음부터 좋지 않은 일이 나를 기다리고 있었다. 아마도 할아버지께서 '중근'을 시험하시는 듯했다.

어느 날, 청년회 회의가 있었다. 심각한 주제에 의견이 엇갈려 설왕설래하던 중 한 회원이 옆 사람과 작지 않은 소리로 사사로이 이야기하기에 나는 규칙대로 그에게 주의를 주었다.

"지금은 회의 중이니 개인적인 이야기는 나중에 하시오."

내게 제지를 받은 그 사람은 갑자기 벌떡 일어나더니 버럭 소리를 질렀다.

"네가 무언데 내게 이래라저래라 하는 거야."

하면서 내 뺨을 서너 차례나 세게 때리는 것이었다. 얼굴이 휘청 돌아갈 정도로 나는 충격을 받았다.

가슴에 숨어 있던 뜨거운 불기둥이 다시 일었다. 나도 모르게 안주머니로 손이 갔다.

'이자를 당장에 죽이고 말 테다.'

그때 할아버지의 음성이 들렸다.

'너는 중근이다. 예전의 응칠이가 아니야.'

회의를 하던 이들이 우르르 우리 곁으로 몰려들었다. 안주머니에서 총을 꺼내려던 나는 얼른 손을 뺐다.

"괜찮은가?"

"이보게, 응칠! 화를 풀게. 이 사람은 원래가 성질이 이렇다네. 이해하게."

그러고는 상대를 나무랐다.

"예끼! 이 사람. 어떻게 그렇게 경솔하게 상대를 치는가? 어서 사과하게."

나는 작은 일에 또 마음이 움직일 뻔한 자신을 책했다. 그리고 그가 사과하기 전에 내가 먼저 웃으며 말했다.

"우리가 지금 나라의 미래를 걱정하며 그 방법을 찾고 있는 마당에 서로 싸워서야 되겠소. 남의 웃음거리만 될 뿐이오. 그러니 잘잘못을 가리기보다 그저 화해합시다."

그에게 맞은 이유로 귓병을 얻은 나는 달포를 앓았다. 그러나 이 일은 내게 많은 깨우침을 주었다. 큰일을 하려는 사람이 작은 일로 인해 얼마나 쉽게 허물어질 수 있는지를 생각하니 소름이 오싹 끼쳤다. 큰일을 하려는 자는 진중해야 한다. 뜨거울수록 차가워져야 한다.

한편으로는 망국을 앞에 두고 무기력했던 나를 벌하시는 하느님의 뜻이라는 생각에 침상에 꿇어앉아 날마다 기도로 보냈다. 이토가 나라를 야금야금 갉아먹는 동안 청계동에서 보낸 지난 세월이 야속하기도 했다. 그때 무엇인가를 했어야 한다는 생각이 들었다. 아니, 이제라도 대장부로 태어난 값을 해야 한다. 세상의 평화를 위해, 조국의 독립을 위해 이 한 몸 부서질 때까지 매진하리라. 냉정하고 침착하게.

귓병이 어느 정도 차도를 보이자 집에만 머물던 나는 떨쳐 일어났다.

그래, 우선 돈과 사람을 모아야 해. 그래서 국내로 진격하는 거야.

2 의병 모집

　해가 바뀌었다. 그동안 국내의 상황은 더욱 나빠지고 있다는 소식만 들렸다. 군대 해산과 함께 전국 각지에서 일었던 의병들은 일제에 의해 거의 진압되고, 살아남은 이들이 가끔씩 이곳 블라디보스토크로 흘러왔다. 그들 중 일부는 간도로도 가고 상해로도 갔다. 이토는 순종 황제를 꼭두각시로 만들고, 이완용을 비롯한 친일 각료들과 함께 국정을 마음대로 주무르고 있었다.

　마음이 바빠졌다. 한시라도 빨리 왜놈들을 우리 땅에서 몰아내야 해. 더 늦으면 완전히 뺏기게 돼.

　북간도 관리사였던 이범윤을 찾았다.

　"각하께서는 한때 대한제국의 신하이셨습니다. 관군도 아닌 민간인들로 의병을 만들어 2년이나 북간도의 우리 민족을 지키는 어려운 일을 해내셨습니다. 더욱이 러시아군과 함께 일본군과도 싸운 적이 있잖습니까? 이제 다시 거병을 해야 할 때입니다. 우리 땅에서 일본군을 몰아내기 위해 함께 싸우십시다. 제가 이 몸을 다 바쳐 돕겠습니다."

그러나 이범윤은 고개를 저었다.

"아직은 때가 아니오. 필요한 자금과 무기가 준비도 안 된 상태에서 섣불리 일어났다가는 인명한 희생될 뿐이오."

그 말이 틀린 것은 아니었다.

나는 군자금과 의병을 모으기 위해 방법을 찾아 나섰다. 다행히 이때 내게 힘이 되어 준 두 사람이 있었다. 엄인섭 과 김기룡이다[1]. 두 사람은 담력과 의협심이 뭇사람보다 뛰 어난 청년들이었다. 나는 그들과 의형제를 맺었다. 엄인섭 이 큰형, 내가 둘째, 김기룡이 셋째가 되었다.

나는 의형제와 함께 한국인들이 많이 사는 크라스키노에 서부터 하바롭스크 이북의 흑룡강 유역에 흩어져 살고 있 는 한인 마을까지 두루 순방하며 의병 활동에 참여할 것을 호소하였다.

"현재 우리 한국의 참상을 여러분은 모르십니까? 일본이 러시아와 개전할 적에 '동양 평화를 유지하고 한국 독립을 굳건히 한다.'고 했습니다. 그러나 오늘에 이르러 약속을 지

---

1 엄인섭과 김기룡이다 : 엄인섭은 러일 전쟁 때 러시아군에 공을 세워 러시아 정 부의 훈장을 받고, 안중근과 함께 최재형 의병 부대에 참전하는 등 독립운동 진 영에서 싸우고, 김기룡은 단지동맹의 일원이 되었다.

키기는커녕 한국을 침략하여 5조약과 7조약을 강제로 맺은 후 정권을 손아귀에 쥐고서 황제를 폐하고 군대를 해산하고, 철도, 광산, 산림, 천택2을 빼앗지 않은 것이 없으며, 관청으로 쓰던 집과 민간의 큰 집들은 병참이라는 핑계로 모조리 빼앗아 살고 있고, 기름진 전답과 오랜 산소들도 군용지라는 푯말을 꽂고 무덤을 파헤쳐 화가 백골에까지 미쳤으니, 국민 된 사람으로 또 자손 된 사람으로 어느 누가 분함을 참고 욕됨을 견딜 것입니까?

그래서 2천만 민족이 일제히 분발하여 삼천리강산에 의병들이 곳곳에서 일어났습니다.

아! 슬프도다. 저 강도들이 도리어 우리를 폭도라 일컫고, 군사를 풀어 토벌하고 참혹하게 살육하여 두 해 동안에 해를 입은 한국인이 수십만 명에 이르렀습니다.

강토를 뺏고 사람들을 죽이는 자가 폭도입니까. 제 나라를 지키고 외적을 막는 사람이 폭도입니까? 이야말로 도둑놈이 막대기 들고 나서는 격입니다. 한국에 대한 정략이 이같이 포악해진 근본을 논한다면, 그것은 일본의 대정치가,

----

2 천택 : 내와 못을 아울러 이르는 말.

늙은 도둑 이토 히로부미의 폭행인 것입니다.

한국 민족 2천만이 일본의 보호를 받고자 원하고, 그래서 지금 태평무사하며 평화롭게 날마다 발전하는 것처럼 핑계하고 있으며, 위로 천황을 속이고 밖으로 열강들의 눈과 귀를 가려 제 마음대로 농간을 부리며 못 하는 짓이 없으니 어찌 통분할 일이 아니겠습니까?

우리 한국 민족이 이 도둑놈을 죽이지 않는다면 한국은 없어지고야 말 것이며, 동양도 또한 말살되고야 말 것입니다.

그러니 오늘, 국내 국외를 막론하고 한국인들은 남녀노소 할 것 없이 총을 메고 칼을 차고 일제히 의거를 일으켜 이기고 지고, 잘 싸우고 못 싸우고를 돌아볼 것 없이 통쾌한 싸움 한바탕으로써 천하 후세의 부끄러운 웃음거리를 면해야 할 것입니다. 만일 이같이 애써 싸우기만 하면 세계 열강의 공론도 없지 않을 것이니, 독립할 희망도 있을 것입니다. 더구나 일본은 불과 5년 사이에 반드시 러시아, 청국, 미국 등 3국과 더불어 전쟁을 하게 될 것이니, 그것이 한국의 큰 기회가 될 것입니다. 이때 한국인이 만일 아무런 준비도 하지 않는다면, 설사 일본이 져도 한국은 다시 다른 도둑의 손안으로 들어갈 것입니다.

여러분에게 묻겠습니다. 앉아서 죽기를 기다리는 것이

옳습니까? 분발하여 힘을 내는 것이 옳습니까?"

가는 곳마다 동포들의 호응은 뜨거웠다. 자원해서 출전하는 사람, 병기를 내놓는 사람, 군자금을 내놓는 사람이 줄을 이었다. 이 정도면 군량과 무기를 사서 의병 부대를 조직할 수 있겠다는 자신감이 들었다.

이때 더욱 좋은 소식이 날아들었다. 크라스키노에 살고 있던 최재형3이 보고 싶다는 전갈을 온 것이다. 나는 만사를 제쳐 두고 크라스키노로 가는 기선에 올랐다.

최재형의 집은 듣던 대로 으리으리했다.

"당신이 한 연설 잘 들었소. 전에 크라스키노 공원에서 하는 연설을 듣고 나는 당신이 큰일을 할 사람이라는 것을 알았소."

---

3 최재형(崔在亨 1860~1920) : 함경북도 경원 출신으로 9세 때 부모를 따라 러시아 노우키예프스크로 이주 후 러시아에 귀화하였다. 러시아 군대의 어용상인(御用商人)으로 재물을 모아 부자가 되었고, 이후 관리가 되어 두 차례에 걸쳐 페테르부르크에 가서 러시아 황제를 알현, 5개의 훈장까지 받았다. 노우키예프스크 도헌(都憲)이 되어 연봉 3,000루블을 받게 되자 은행에 예금, 그 이자로 매년 교포 유학생 1명씩을 페테르부르크에 보내 유학시켰다. 러일 전쟁이 일어나자 러시아 해군 소위에 임명되어 경무관 부속 통역관으로 활약하는 한편, 남부소집회감독(南部所集會監督)으로 러시아에 귀화한 교포들을 규합하여 항일전에 참전하였다. 이후 러시아 항일 독립운동을 물심양면으로 지원하다가 1920년 4월 일제가 시베리아로 쳐들어오자 재러 한인의병을 모두 모아 시가전을 벌이던 중 일본군에 잡혀 살해되었다.

"그렇게 생각해 주시니 영광입니다."

"뿐만 아니라 당신이 신문에 낸 글도 보았소."

최재형이 내민 것은 '해조신문'[4]이었다. 지난 3월 21일 내가 쓴 글이 실려 있었다.

"무엇보다 이 부분이 내 마음을 움직였소."

그는 내 글 중 특히 펜으로 밑줄 그은 부분을 보여 주었다.

"우리나라가 오늘날 이 참혹한 지경에 이른 것은 화합하지 못하고 서로 잘났다고 싸웠기 때문이다. 저보다 나은 자를 시기하고, 저보다 약한 자를 업신여기며 비슷한 무리끼리는 서로 다투기만 하니 어찌 화합할 수가 있겠는가. 이 교만을 바로잡는 것은 바로 겸손이다. 자기를 낮추고 남을 공경하며 남이 자기를 꾸짖는 것을 너그러이 하고, 자기 공을 남에게 양보한다면 능히 이 불화의 병을 고칠 수 있을 것이다.

---

4 해조신문 : 당시 블라디보스토크 한인 사회에는 '해조신문(海朝新聞)'이 발행되고 있었는데, 이 신문은 1908년 3월부터 3개월 동안 총 75호가 간행되었다. 러시아 지역에 거주하는 한인들에게 국권 수호를 강조하고, 국권 회복을 위해 독립운동 단체의 통합, 민족의식의 고양, 청년 자녀의 교육 등을 설파하였다. 사장 최봉준, 총무 겸 주필 정순만, 편집인 이강, 이종운, 주필 장지연 등이었다. 원산항을 통하여 국내에도 배포되었는데, 날카로운 항일 논조 때문에 빈번하게 통감부에 압수되었다. 안중근은 1908년 3월 21일자 해조신문에 '긔서'(인심결합론)라는 제목의 기고를 한다.

깨어라, 연해주 동포들이여!

'불화' 두 자를 깨뜨리고 '화합' 두 자를 굳게 지켜 자녀들을 바르게 교육한다면 우리는 국권을 회복하고 함께 독립관에 모여 한마음 한뜻으로 전 세계가 울리도록 대한독립 만세를 부를 것이다."

"부끄럽습니다."

"아니오, 장군! 지금 러시아에 있는 우리 동포들은 나라를 잃고, 아직도 이렇게 합심을 하지 못하고 있소. 그런데 안 장군이 우리를 한마음으로 모이게 했소. 장군! 거병합시다."

최재형은 이같이 말하며 내 손을 꼭 잡았다. 그 손을 통해 전달되는 뜨거운 동포애에 나는 눈물이 나왔다. 사랑하는 조국을 떠나 살고 있지만, 조국을 잊지 못하는, 열정에 불타는 이들이 있는 한 우리나라는 결코, 사라지지 않을 것이다.

러시아 최대의 후원자를 얻게 된 나는 용기백배하여 다시 이범윤을 찾았다. 그간 여러 차례 내 제안을 계속 거절하던 그가 최재형의 후원을 얘기하자 흔쾌히 승낙하였다.

"좋소. 결행합시다."

한동안 파벌 싸움을 벌이던 최재형, 이범윤 두 독립운동 세력이 힘을 합치고 헤이그 밀사로 파견되었던 이위종까지

가세하니 5천 명 가까운 연합 의병 부대가 창설되었다. 총대
장 김두성5, 부대장 이범윤을 뽑고 그 밑에 도영장, 참모장,
참모들을 두었다. 나는 최재형 세력의 참모 우영 중장이, 의
형제를 맺은 엄인섭은 참모 좌영 중장이 되었다. 좌영과 우
영에는 각각 3개 중대 300여 명의 의병이 배치되었다.

나는 세상 모든 것을 얻은 것처럼 기뻤다. 얼마나 이날을
기다려 왔던가. 일본군의 총칼에 무자비하게 당하기만 하는
것을 그저 바라보아야만 했던 날들. 이제 그들과 맞서 싸울
군인이 있고 총칼이 있었다. 이 기쁜 마음을 안고 하루바삐
고국으로 진군하기 위해 나는 온갖 일을 마다하지 않았다.
특히 의병들의 훈련과 사상 교육에 열과 성을 다했다.

1908년 6월, 우리는 군사와 무기를 두만강 근처로 몰래
수송하기 시작했다. 드디어 국내 진공 작전이 개시되는 것
이다. 내 나라, 내 땅을 되찾을 수 있다는 희망이 모두의 가
슴을 부풀게 했다.

---

5 김두성 : 실존하지 않는 인물로 유인석으로 보는 견해가 유력하다. 유인석(?~
1915)의 호는 의암(毅菴), 춘천 출신으로 조선 철종 시대의 거유 이항로(李恒
老) 밑에서 수학하였다. 강화도 조약 반대 상소를 시작으로 1894년 김홍집 친
일 내각을 반대하여 충주, 제천 등지에서 의병장으로 활약하다가 러시아로 망명
했다. 1910년 블라디보스토크에서 13도 창의군 도총재에 추대되어 일제에 맞
섰다.

3 국내 진공

연합 의병 부대는 부대를 둘로 나누어 육로와 해로로 각각 국내에 진입하기로 전략을 짰다. 해로를 택한 좌영군은 두만강 하구 녹둔(鹿屯)에서 중국 배를 이용해 청진과 성진 사이의 해안으로 상륙하기로 하였다. 반면 육로를 택한 우리 우영군 300여 명은 지신허에서 출발하여 두만강을 건너 회령을 거쳐 무산으로 이동하기로 하였다. 최종 집결지

는 무산이다. 연합 의병 부대는 두만강 상류 지역을 회복하여 본격적인 국내 진공 작전의 거점을 마련할 계획이었다.

7월 중순의 두만강은 장맛비로 꽤 불어 있었다. 밤을 이용해 여러 차례 배를 왕복한 끝에 300명이 경흥 땅을 밟았다. 낮에는 엎드려 숨어 있다가 밤길을 걷기를 며칠, 첫 목적지인 경흥군 노면 삼리에 도착했다. 우리는 사전 정보를 통해 일본군 수비대 진지들이 일정한 거리를 두고 있다는 것을 알았다. 우리는 그 중 첫 진지를 목표로 했다. 한동안 지켜본 결과 진지에 드나드는 일본 군사를 보니 다섯 명을 넘어서지 않아 보였다. 적들은 우리의 존재를 전혀 눈치채지 못하고 한가로운 시간을 보내고 있었다.

"최대한 진지 가까이 간다."

내 명령을 따라 부대원들이 낮은 포복으로 진지가 내려다보이는 산언덕까지 진출했다.

"사격 개시!"

우리는 정확한 조준으로 사격을 시작했다. 두 명이 손쉽게 쓰러졌다.

"돌격!"

진지를 버리고 도주하는 적을 쫓아 모두 사살하였다. 첫 전투는 완벽한 승리였다.

우리 우영군은 승리의 여세를 몰아 적의 수비대 진지를 차례로 점령해 나갔다. 홍의동과 신아산에서 세 차례의 전투 끝에 50여 명을 사살하고 10여 명을 포로로 잡았다. 이 중에는 장사를 하려고 군부대를 쫓아온 상인들도 여럿 있었다.

나는 사로잡은 일본 군인과 상인들을 꾸짖었다.

"너희들은 모두 일본국 신민으로서 왜 천황의 거룩한 뜻을 받아들이지 않느냐? 러일 전쟁을 시작할 때 동양 평화를 유지하고, 대한독립을 굳건히 한다고 해 놓고 오늘날 이렇게 조선과 싸우고 침략하니 너희가 바로 역적 강도가 아니고 무엇이냐?"

그러자 그들은 눈물을 흘리며 이렇게 말했다.

"오늘 우리가 이렇게 된 것은 모두가 이토 히로부미 때문입니다. 천황의 성지를 받들지 않고 제 마음대로 권세를 주물러 일본과 한국의 귀한 생명을 무수히 죽이고, 자기는 편안히 누워 복을 누리고 있으니 우리들도 분한 마음이 치솟고 있지만 어찌할 도리가 없습니다. 우리들은 농사짓고 장사하던 백성일 뿐입니다. 백성들이 고달픈데 평화를 돌보지 아니하니 일본이 어찌 편안하기를 바랄 수 있겠습니까. 우리가 비록 죽기는 하나 통탄스럽기 그지없습니다."

말을 마치고는 통곡을 그치지 않았다.

나는 이들의 말이 진실이라 생각되어 말했다.

"그대들의 말을 들으니 충의로운 사람들이라 하겠다. 그대들을 놓아주겠다. 돌아가거든 그 같은 나쁜 우두머리는 쓸어버려라. 까닭 없이 이웃 나라와 계속 전쟁을 일으키고 여론을 오도하는 자들을 없애 버리면 열 명이 넘기 전에 동양 평화를 이룰 수 있을 것이다. 그대들이 능히 그렇게 할 수 있겠는가."

그러자 그들이 기뻐 날뛰며 그렇게 하겠다고 하므로 곧 풀어 주었다. 그랬더니 이리 말했다.

"총을 안 가지고 돌아가면 군율을 면키 어려울 것인데, 어떻게 하면 좋겠습니까?"

"총을 돌려줄 테니 그대들은 속히 돌아가서 사로잡혔다는 오늘의 이야기는 결코 입 밖에 내지 말고 삼가 큰일을 꾀하라."

그들은 천번 만번 감사하면서 돌아갔다.

이렇게 포로를 석방하고 나자 장교들이 노골적인 불만을 표했다.

"어째서 애써 사로잡은 적병을 놓아주는 것이오?"

나는 이렇게 말했다.

"만국 공법에 사로잡은 적병을 죽이는 법은 전혀 없소. 가두어 두었다가 뒷날 배상을 받고 돌려보내는 것이오. 하나 지금 우리에게는 그럴 시설이 없소. 더구나 그들이 진정으로 잘못을 뉘우치고 있으니 놓아주지 않고 어쩌겠소?"

"적은 우리 의병을 잡기만 하면 참혹하게 죽이오. 우리도 저놈들을 죽일 목적으로 싸우고 있는데, 잡은 놈들을 모두 보내 준다면 우리의 목적은 무엇이오?"

"그렇지 않소. 절대로 그렇지 않소. 적들이 그렇게 폭행을 자행하는 것은 하느님과 사람을 다 함께 분노케 하는 것이오. 그런데 우리마저 저들과 같은 야만적인 행동을 해야 하겠소? 일본의 4천만 인구를 모두 죽이고 국권을 회복할 수는 없는 일이오. 그보다는 진실한 행동과 의로운 거사로 이토의 간악한 정략을 성토하여 열강의 호응을 얻는 것이 더 바람직하오. 약한 것으로 강한 것을 물리치고, 어진 것으로 악한 것에 대적한다는 원리가 이것이오. 그러니 그대들은 더 이상 여러 말 하지 말기 바라오."

이런 내 설득에도 많은 사람이 공개적으로 불만을 표시했다. 특히 의형제를 맺은 엄인섭은 부대원들을 이끌고 러시아로 돌아가 버렸다. 너무나 서운했다.

나는 부대를 이끌고 용성을 거쳐 영산에 도착했다. 영산에서 무산까지 가서 해로로 진격한 좌영군과 합류할 계획이었다. 그때가 7월 19일이었다.

그런데 부대를 정비하기는커녕 고단한 행군의 여독이 풀리기도 전에 일본군이 대규모의 병력으로 공격을 해 왔다. 우리가 도착하기를 기다리기라도 한 듯했다. 우리 군의 진로를 어떻게 알았을까?

적의 공격은 무자비했다. 그러나 정신 무장이 투철한 의병들은 죽기를 각오하고 맞섰다.

"대한독립 만세!"

총에 맞아 죽는 순간에도 의병들은 조국의 독립을 기원했다.

러시아와의 전투 경험에 더하여 최신 무기로 무장한 일본군의 공격은 더욱 거세졌다. 병력이 끝도 없이 밀려왔다. 나와 의병들은 네댓 시간을 온 힘을 다해 싸웠지만, 도저히 견딜 수가 없었다. 여기저기에서 총에 맞은 병사들의 비명이 들려왔다. 나는 적의 본진을 최대한 막아 내며 병사들을 퇴각시켰다. 그러고는 교전하기를 멈추고 부대원들과 함께 숲속으로 후퇴하기 시작하였다.

날은 저물고 폭우까지 쏟아져 지척을 분간하기가 어려운데 일본군의 추격은 집요했다. 군사들이 이리저리 흩어져 얼마나 죽고 살았는지 판단하기가 어려웠다. 일본군의 추격하는 총소리가 멈추고 나서 병사를 헤아려 보니 수십 명에 불과했다. 삼백의 군대가 모두 어디로 갔단 말인가.

허탈했다. 그렇게 기대했던 국내 진공 작전이 이렇게 허무하게 끝나다니.

"포로들을 모두 사살했어야 합니다. 일전에 풀어 준 일본군과 상인들이 우리의 진로를 낱낱이 알려 주었다고 하잖습니까?"

내가 풀어 준 일본군 포로들이 우리의 위치를 알려 줬다는 힐난까지 받고 보니 알 수 없는 분노가 치밀었다.

'내가 잘못한 일일까? 일본 사람들을 믿어서는 안 되는 것이었나? 그들은 결국 이토와 같은 무리들인가?'

몸은 피곤한데 머릿속에서 온갖 상념이 떠나지를 않았다.

이튿날 날이 밝자 어디에선가 병사들이 모여들어 70명 가까이 되었다. 모두가 이틀을 먹지 못해서 주린 기색으로 제각기 살려는 생각만 가득해 보였다. 창자가 끊어지고 간담이 찢어지는 것 같았지만 사태를 돌이킬 수는 없었다. 나는 그들을 진정시킨 뒤 마을로 들어가 보리밥을 얻어 같이 나눠 먹은 뒤 굶주림과 추위를 조금 면했다.

그러나 병사들은 내 말에 복종하지 않았고 기율도 엉망이었다. 그래도 흩어진 무리를 찾아 의병을 재정비하려는 차에 다시 일본군 복병을 만났다. 그들의 조준 사격에 많은 병사가 손 쓸 새도 없이 쓰러져갔다. 우리는 각자 살기 위해 뿔뿔이 흩어져 도망하는 수밖에 없었다.

4 구사일생

　나는 산속에 혼자가 되었다. 그래도 용기를 내어 사방을 수색하고 보니 네 명의 부하를 만날 수 있었다.

　"어떻게 하면 좋겠소?"

　나는 부하들과 의논했다.

　"어떻게든 살아나가는 게 옳소."

　"차라리 자결해 버리고 싶소."

　"나는 일본군에 투항하고 말겠소."

　넷의 생각이 다 달랐다. 나는 이리저리 한참을 생각하다가 시 한 수가 떠올라 그들 앞에서 읊었다.

　　사나이 뜻을 품고 나라 밖에 나왔다가　男兒有志出洋外

　　큰일을 못 이루니 몸 두기 어려워라.　事不入謨難處身

　　바라건대 동포들아 죽기를 맹세하고　望須同胞誓流血

　　세상에 의리 없는 귀신은 되지 말자.　莫作世間無義神

　그리고 이렇게 말하였다.

"그대들은 그대들 뜻대로 하라. 나는 산 아래로 내려가서 일본군과 한바탕 장쾌하게 싸우겠다. 그리하여 대한국 2천만 사람 중의 한 사람이 된 의무를 다한 다음에 죽어도 한이 없겠다."

그러고는 총을 들고 적진을 향해 가니, 그 중한 사람이 뒤따라와 나를 붙들고 정색하며 말했다.

"생각을 깊이 하시오. 자기 목숨을 가볍게 여기는 사람은 큰일을 할 수가 없소. 천금같이 소중한 몸을 어찌 초개처럼 버리려 하오. 지금은 다시 블라디보스토크로 가서 훗날을 기약하는 것이 옳을 것이오."

나는 그를 바라보았다. 언뜻 할아버지의 모습이 그의 얼굴과 겹쳤다.

'중근아, 넌 이제 응칠이가 아니라 중근이다, 중근!'

"고맙소. 내가 생각을 잘못했소. 나는 정말 해야 할 일이 있는 것을!"

네 사람이 동행하여 다시 길을 찾아 나섰다. 길을 잃고 헤매던 동지 다섯을 만나 동행이 아홉으로 늘었다. 그러나 적진이라 대낮에 이동하기란 쉬운 일이 아니었다. 우리는 낮에는 쉬고 밤에 이동하기로 하였다. 그날 밤은 특히 장맛비가 그치지 않고 퍼부어서 지척을 분간하기가 어려웠다. 밤을 새우고 보니 길을 잃고 서로 흩어져 일행이 나를 포함해 겨우 셋만 남았다.

우리는 어디로 가야 할지 종잡을 수가 없었다. 우리 중 아무도 그곳 지리를 알지 못했을뿐더러 구름이 하늘에 가득하고 안개가 땅을 덮어 동서를 분간할 수 없었기 때문이다. 더구나 산은 높고 골은 깊으며 인가도 전혀 없었다. 낮에는 자고 밤에 산길을 헤매기를 4~5일 하는 동안 밥 한 끼도 못 먹어 배는 고프고 신조차 신지 못해 춥고 견디기가 어려웠다. 풀뿌리를 캐어 먹고 담요를 찢어 발을 싸매며 서로 위로하고 보호하면서 가노라니 멀리서 개 짖는 소리가 들려왔다.

내가 두 사람에게 말하였다.

"내가 먼저 저 집으로 내려가서 밥도 얻고, 길도 물어볼 것이니 두 사람은 숲속에 숨어서 내가 돌아오기를 기다리시오."

인가에 다다라 개울을 막 넘어서 마당으로 들어서려는데 누군가 횃불을 밝혀 들고 문으로 나오는 것이 보였다. 일본 병사였다. 나는 기겁하여 개울가에 납작 엎드렸다.

"무슨 소리가 난 것 같은데?"

일본 병사가 동료에게 얘기하며 내가 있는 쪽으로 왔다.

나는 이제 죽었구나, 생각하며 그가 가까이 오면 칼을 꺼내 싸울 준비를 하였다.

"어이, 보초 서려면 총을 가져가야지. 언제 조선 역도들이 나올지 알고 그래?"

"참, 그렇군."

횃불을 든 일본 병사가 다시 인가 안으로 들어가자 나는 재빨리 일어나 산속으로 달렸다. 기다리던 두 사람에게 말할 기력도 없이 나는 몸짓으로 어서 뛰라고만 하며 그들을 재촉해 더 깊은 산속으로 달려갔다. 얼마나 달렸을까 기력이 다했는지 어지럼증이 일어 땅에 쓰러지고 말았다.

'중근아, 왜 거기 누웠느냐? 네 할 일을 잊었단 말이냐?'

다시 할아버지의 음성이 들렸다.

'어서 일어나거라.'

나는 벌떡 일어났다.

개울물 소리가 졸졸 들려와 고개를 돌려 보니, 바로 옆에 개울이 흐르고 있었다.

"여기 개울물이 있소. 우선 목을 축입시다."

나는 탈진해 있는 두 사람을 부추겨 개울가로 갔다. 물을 실컷 마시고 몸을 씻고 나니 살 만했다.

이튿날, 두 사람은 일어나지를 못하고 차라리 죽겠다고

탄식을 해 댔다. 나는 후들거리는 다리를 견디며 주변의 나무들을 돌아보았다. 먹을 수 있을 만하다고 여겨지는 것은 가리지 않고 땄다. 그것을 두 사람에게 나눠 주고 나도 입에 넣었다.

"사람의 목숨은 하늘에 매인 것이니 너무 걱정하지 말고 여기서 빠져나갈 궁리나 합시다."

열매를 우물거리며 내가 말했다. 그러나 너무 떫어서 먹을 수가 없었다. 퉤퉤! 더욱 허기가 밀려왔다. 말로는 이렇게 큰소리를 쳤으나 아무리 생각해 보아도 살아나갈 방도가 보이지 않았다.

"굶어 죽으나 총에 맞아 죽으나 매한가지요. 이제는 낮에 인가를 찾아봅시다."

셋은 죽기를 각오하고 인가를 찾아 나섰다. 산 아래로 아래로 내려가다 보니 다행히 해가 기울어 갈 때쯤 외딴 인가를 찾았다.

초저녁이라 저녁밥을 짓는지 굴뚝에서 연기가 새어 나왔다. 한참을 숨어 집 안의 동정을 살폈다. 흰옷 입은 장정이 집 안팎을 드나드는 것 보니 일본군 같아 보이지는 않았다.

내가 나섰다.

"여보, 주인 양반! 배가 고파서 그런데 밥 한 사발만 주시오."

젊은 장정이 나를 위아래로 훑더니 말했다.

"조금만 기다리시오."

나는 아연 긴장했다. 혹시 안에서 총이라도 갖고 나오려는 것이 아닐까. 나는 만약의 경우를 대비해 손을 칼춤에 대고 있었다.

이윽고 나온 주인의 손에는 모락모락 김이 나는 조밥 한 사발이 가득 들려 있었다. 나는 그만 입에 침이 가득 괴는 것을 느꼈다.

"자, 어서 가지고 가시오. 빨리 가시오. 어제 이 아랫마을에 일본 병정이 와서 죄 없는 양민을 다섯 사람이나 묶어 가지고 가서 의병들에게 밥을 주었다는 구실로 그냥 쏘아 죽이고 갔소. 여기도 때때로 와서 뒤지니 어서 가시오. 나를 원망치 마시오."

"감사하오, 감사하오."

나는 밥을 들고 허겁지겁 동료들이 기다리는 산으로 올라갔다. 거기서 밥을 똑같이 셋으로 나눠 먹었는데, 그 맛이 세상에서 처음 먹어 보는 신선의 음식만 같았다. 그럴 만도 한 것이 아무것도 먹지 못한 지 엿새가 넘었던 것이다.

우리는 다시 산을 넘고 내를 건너 걷고 또 걸었다. 낮에는 자고 밤에 걷다 보니 맨발은 까지고 상처투성이에 장맛비는 그치지 않아 걷는 데 힘이 더 들었다.

며칠이 흘러 밤 시간, 오랜만에 불 켜진 집을 한 채 만났다. 문을 두드려 주인을 불렀다.

"여보시오, 밥 한술만 얻을 수 있소?"

그러자 젊은 사내가 나와 내 몸을 이리저리 살피더니 다짜고짜 몽둥이를 찾았다.

"의병 행세를 하는 러시아 사람이구나. 너 같은 건 차라리 묶어서 일본군에게 보내는 게 낫다."

그 사내는 이렇게 말하고 나를 몽둥이로 때리며 아랫동네를 향해 큰소리를 질렀다.

"여보게들! 어서 오게. 여기 러시아 군인들이 쳐들어왔어."

그러자 아래쪽에서 웅성거리는 소리가 들렸다.

나는 있는 힘껏 그 자리를 도망쳐 왔다. 그러고 보니 우리도 모르는 사이, 마을 근처에 들어온 모양이었다. 우리는 다시 산을 향해 도망을 쳐야 했다. 마침 좁은 길목을 지나가는데 파수를 보는 일본 병사와 지척을 두고 마주쳤다. 일본 병사가 본능적으로 나를 향해 총을 서너 발 쏘았다. 나

역시 본능적으로 피했다. 다행히 캄캄한 밤이라 그런지 총알이 비껴갔다. 나는 있는 힘껏 산속으로 달리기 시작했다. 일본군이 뒤에서 총을 몇 방 쏘았으나 쫓아오지는 않았다.

우리는 다시 큰길로 나가기가 두려워 산길로만 다녔다. 아무것도 먹지 못하고 4~5일을 걷다 보니, 더 이상 걸을 기력이 없어 결국 기진맥진하여 그 자리에 그대로 쓰러졌다.

이제 죽을 때가 다 된 것이라고 생각하였다. 나는 죽기 전에 이 두 사람을 함께 천국으로 데리고 가야겠다고 생각하며 하느님의 존재에 대해 설교했다. 그리고 하느님을 맞이할 것을 권했다. 두 사람이 흔쾌히 받아들였다.

내가 빌렘 신부에게 세례를 받았듯 신부님을 대신해 그들에게 세례를 하고 나니, 마음의 평안함이 찾아왔다. 이제는 삶과 죽음의 경계가 무의미했다.

"여기서 기다리시오. 내가 인가를 찾아보리다. 세상 모든 것을 하시는 하느님께서 우리에게 밥 한 끼 마련하여 주지 않으시겠소."

마침 가까운 곳에 외딴 인가가 한 채 보였다. 기력이 없어 주인을 부르지도 못하고 문을 두드렸더니 한 노인이 나왔다.

그는 내 모습을 보자 황급히 집 안으로 나를 맞아들였다. 그러고는 어린아이를 부르더니 상을 차리라고 하였다. 내가 산속에 동료 두 명이 더 있다고 하자 노인이 나가더니 두 사람을 데리고 왔다.

이윽고 산나물과 과일이 가득한 음식상이 들어왔다. 우리는 게걸스럽게 음식을 먹어 치웠다. 돌이켜 생각해 보니 무려 열이틀 동안에 겨우 두 끼 밥을 먹고 목숨을 부지해 온 것이다.

노인에게 크게 감사하면서 전후에 겪은 고초를 낱낱이 이야기했다.

"이렇게 나라가 위급한 때를 만나 어려움을 겪는 것은 국민 된 도리이지요. 고생 끝에 낙이 온다고 하니, 우리 민족에게 머지않아 좋은 일이 생기지 않겠소? 하지만 일본 병사들이 의병을 찾는다고 곳곳을 뒤지고 있으니 길 가기가 쉽지 않을 것이오. 그러니 꼭 내가 이르는 대로 가시오."

노인은 일본군을 피해 두만강까지 질러갈 수 있는 길을 상세하게 설명하였다.

"하늘에서 큰일을 하실 분들이라 이렇게 살려 주셨으니 속히 돌아가 후일을 잘 도모하시오."

말을 마치고 노인은 주먹밥까지 건네주었다. 나는 감사와 작별 인사를 하며 노인의 성명을 물었으나 그저 웃을 뿐이었다. 우리에게 손을 내저으며 어서 가라고만 했다.

아쉬움을 뒤로하고 우리 셋은 노인이 일러 준 대로 길을 서둘렀다.

'할아버지?'

길을 가다가 문득 할아버지 생각이 났다.

'그래, 할아버지였어!'

나는 뒤를 돌아보았다. 그러나 거기에는 이미 아무도 없었다.

'나는 혼자가 아니야. 아니, 우리 모두는 늘 혼자가 아니야. 그걸 믿기만 한다면 말이야.'

며칠이 지나지 않아 우리는 두만강에 도착할 수 있었다. 달빛을 받아 반짝이는 두만강의 잔물결을 보며 우리 셋은 서로 얼싸안은 채 깊은 감회에 젖었다. 달이 질 때를 기다려 저 야트막한 곳을 걸어서 건너면 일본군의 지긋지긋한 추격에서 벗어날 수 있으리라. 아니, 한 달 반 동안의 굶주림과 고단함을 이길 수 있으리라.

지난 일들이 주마등처럼 스치고 지나갔다. 굳은 각오를 다지며 설레는 마음으로 두만강을 건너온 것이 벌써 한 달 반 전의 일이다. 의욕만 앞섰지 치밀한 계획 없이 진행된 전투였기에 지난 한 달 반 동안 온몸으로 값을 치러야 했다. 거기에 많은 대한국인의 젊은 목숨까지도 앗겼으니 이

죄를 어떻게 갚으리. 그들 모두를 대신해 살아남았으니 그들의 몫까지 조국을 위해 바쳐야 하리. 그렇지 않다면 목숨을 부지해 온 것이 치욕일 수밖에 없는 일.

그에 비하면 이토 히로부미는 얼마나 치밀한 자인가. 한국을 차지하기 위해 수십 년을 차근차근 준비하는 그 치밀함에 나는 몸서리가 쳐졌다. 나라 사랑은 패기만으로 되는 것이 아니다. 깊은 성찰과 치밀한 계획, 그리고 그것을 뒷받침할 힘이 필요하다. 이제 다시 두만강을 건너면 언제 이 땅을 밟을 수 있을지 모른다. 그때까지 와신상담하며 이토 히로부미를 이기는 방책을 짜야 할 터이다. 그리고 다시 이 땅을 밟는다면 그때는 당당하게 만세 부르며 내 나라, 내 강토를 마음껏 누리리.

이윽고 달이 넘어가고 어둠이 밀려오자 우리는 두만강을 건넜다. 동시에 조국을 벗어나 안도의 한숨을 쉬어야 하는 불행을 다시 견뎌야 했다.

5 단지동맹

크라스키노에 돌아오니 우리를 알아보는 이들이 아무도 없었다. 피골이 상접하여 제 모습을 찾기 어려운 데다 출전할 때 입었던 옷은 넝마가 되어 있었기 때문이다. 무엇보다 가슴 아픈 일은 나를 보는 동포들의 싸늘한 눈길이었다. 의병 부대가 패하게 된 결정적 원인이 일본군 포로를 풀어 줬기 때문이라고 소문이 났던 것이다. 의병 조직을 주도하고 내 후원자를 자처했던 최재형마저 나를 외면했다.

나는 입이 열 개라도 할 말이 없었다. 그 책임을 고스란히 내 몫으로 받아들일 뿐이었다. 다만 전쟁에도 원칙이 있는 것이고, 모든 나라가 합의한 그 원칙은 지켜져야 한다는 내 믿음에는 변함이 없었다.

크라스키노에 머물기가 거북스러워 블라디보스토크로 갔다. 이곳 한국인들이 나를 대하는 태도는 뜻밖이었다. 지난 국내 진공 작전을 크게 축하하고 환영 대회를 개최하니 참석해 달라는 것이었다. 하나, 나는 참석할 수가 없었다.

"패전하여 돌아온 사람이 무슨 면목으로 여러분의 환영을 받을 수 있겠습니까?"

"이기고 지는 것은 전쟁터에서 흔히 있는 일이니 부끄럽게 생각하지 마시오. 더구나 그렇게 위험한 곳에서 살아 돌아왔으니 어찌 환영하지 않을 수 있겠소."

여러 사람이 이렇게 권했지만 나는 이를 사양하고 지친 몸과 마음에 새로운 기운을 불어넣기 위한 여행을 시작했다. 기선을 타고 헤이룽강을 따라 하바롭스크까지 가서 곳곳의 한국인 가정을 방문했다. 러시아령이지만 우리 민족이 오래전부터 정착해 지역에 뿌리내린 사람들이 많았다. 옛 발해의 유적도 곳곳에 있어 최근까지 국력이 미치지 못한 것이 못내 아쉬웠다. 이 너른 평원을 포효하며 말달렸을 조상들을 생각하니, 못난 후손이 된 것이 송구하기만 할 뿐이었다.

우수리스크에는 한국인이 특히 많았다. 나는 이곳에 한동안 머물며 많은 동포를 만나 의병 조직을 준비하고 군자금을 모으는 등 재기의 발판을 마련하려고 노력했다. 아울러 동포들의 교육에도 많은 시간을 보냈다. 그러나 동포들은 먹고살기에 바빠 구국을 향한 열정이 전 같지 않았다.

본격적인 추위가 밀려오기 시작한 어느 날 나는 또다시

동포에게 곤욕을 당했다. 동료 두 명과 산길을 걸어가는데 갑자기 흉한 7명이 나타나더니 무기로 위협을 했다.

"누가 안응칠이냐?"

"나다!"

그러자 그들이 나에게 달려들었고, 동료 두 명은 상황을 판단하며 재빨리 달아나기 시작했다. 그들은 그런 동료들은 쳐다보지도 않고 저항하는 나를 포박했다. 처음부터 나를 목표로 했던 것이다.

"왜 이러느냐? 내가 무슨 죄를 지었다고 이러는 게냐?"

"너는 어째서 정부에서 엄금하는 의병 모집을 하는 것이냐?"

"지금 우리나라는 이토 히로부미가 다스리는 일본의 꼭두각시일 뿐이다. 나는 대한국인으로 일본의 명령을 따를 필요가 없다. 나는 우리나라를 되찾기 위한 의병 대장이다. 의병 대장으로 의병을 모집하는 것은 당연한 일이 아니냐?"

내가 말을 마치기도 전에 그들은 나를 폭행하기 시작했다.

"이런 역도는 죽여야 해!"

한 놈이 내 목을 수건으로 묶어 조이더니 나를 눈밭에 쓰러뜨렸다. 그러자 나머지 흉한들이 죽도록 나를 밟고 몽둥이로 때리는 것이었다. 나는 몸을 이리저리 굴러 매를 피하면서 소리를 질렀다.

"너희가 나를 죽이면 무사할 것 같으냐? 아까 나와 동행한 두 사람이 우리 동지들을 데리고 올 것이다. 그러면 너희들 모두 다 죽을 것이니 알아서들 해라."

이 말이 효과가 있었던지 그들은 때리던 것을 멈추었다. 그러고는 한동안 저희끼리 의논을 하다가 한 놈에게 다음과 같이 일렀다.

"김가, 네가 처음 시작한 일이니 네가 마음대로 해라. 우리는 상관하지 않겠다."

그러자 그 김가라는 자가 나를 끌고 산 아래로 내려왔다. 나는 그 김가를 한편으로는 달래고, 한편으로는 위협을 했다.

"너희는 한국인으로 일본의 앞잡이가 되어 나라를 팔아먹는 짓을 일삼는 것이 부끄럽지도 않으냐? 이토 히로부미는 우리나라를 완전히 뺏을 작정을 하고 있다. 너희는 이용만 당하다가 어느 날 모두 일본으로부터 죽임을 당할 것이다. 나라를 뺏기면 민족도 없어지는 것이다. 나는 죽기를 각오하고 일본과 싸워 나라의 독립을 유지하려 한다. 너는 어느 나라 사람이란 말이냐?"

결국, 그자는 나를 포기하고 어디론가 사라져 버렸다.

이들은 일진회원들이었고, 이토 히로부미에게 충성하기 위해 국내와 만주의 철도 건설에 한국인 노동자 동원을 적극 돕고 있었다. 나아가 간도와 이곳 연해주 지역까지 의병 활동을 방해하는 것도 서슴지 않았다. 의병 대장으로 러시아의 여러 곳을 다니며 활동하는 나를 죽이는 것도 이토 히로부미에게 커다란 공을 세우는 일이 될 것이었다.

최재형도, 이범윤도 동의했듯이 우리 민족은 생각이 다양해 하나로 모으기가 쉽지 않다. 그것을 나는 교만과 불화로 정리해 해조신문에 실었던 것이지만, 이 불화병은 우리 민족의 장래를 위해 하루빨리 고쳐져야 할 병이다. 누구는 민족의 독립을 위해 목숨을 바치는데, 누구는 이 나라를 통째로 일본에 바치려 하고 있으니 이 나라가 어찌 흥할 것인가.

이 사건을 계기로 나는 한 가지 단단한 결심을 하고 크라스키노로 돌아왔다. 이때가 1909년 정월이었다. 항일 독립운동은 갖가지 악재에 둘러싸여 있는 형국이었다. 의병 활동의 실패로 인한 신뢰 상실에 일진회 무리와 같은 친일 세력들의 공작, 일본과의 관계 때문에 한국 의병 활동을 탄압하려는 러시아의 정책까지 더해 러시아 한인 사회의 독립운동 지원 의지는 최악의 상황이었다.

어떻게 하면 식어 버린 한인 동포들의 항일 독립 정신을 되살릴 수 있을까? 나는 크라스키노에서 동지들을 만날 때마다 그 방법을 모색하기 위해 애썼다. 그러던 어느 날 문득 좋은 생각이 들었다. 한민족의 단결과 화합, 그리고 조국 독립을 위해 헌신하겠다는 의지를 확실히 보여 주자는 것이었다.

나는 바로 실행에 옮기기로 했다. 음력 2월 7일 크라스키노 카리 마을, 한국인이 운영하는 한 여관방에 뜻이 통하는 동지 11명을 모았다. 그리고 다음과 같이 제안했다.

"우리가 조국의 독립을 위해 일한다고 하고는 아무것도 하는 일 없이 세월만 보내고 있으니 남들의 비웃음을 면키 어려운 형국이오. 또한, 고국에 있으나, 여기 러시아에 있으나 한국인들은 이리저리 나뉘어 반목하고 있으니 독립은 커녕 졸지에 나라를 빼앗기게 생겼소. 흔들림 없이 조국 독립을 위해 일할 수 있는 단체가 필요하오. 그럴 때 우리 동포들도 한마음이 되어 우리를 응원하지 않겠소!"

나는 동지들을 보며 한마디, 한마디 힘주어 말했다.

"오늘 우리가 손가락을 끊어 우리의 의지를 보여 줍시다. 무슨 일이 있어도 우리는 조국 독립을 위해 몸과 마음을 바쳐 헌신하겠다는 증표인 거요."

내 말에 흠칫 놀라는 동지들도 있었다. 그러고는 잠시 무거운 침묵이 흘렀다.

나는 준비한 태극기를 들어 올리며 단호한 음성으로 덧붙였다.

"우리 열두 명이 오늘 단지를 하고 그 피로 여기에 '대한독립' 네 글자를 씁시다. 그래서 대한국인이 살아 있다는 것을 세계만방에 알리고, 동포들에게도 똘똘 뭉쳐 나라를 되찾는데, 힘쓰도록 합시다."

내가 태극기를 흔들며 격정적으로 말하자 누구랄 것도 없이 '좋소!' 하는 말이 동시에 터져 나왔다.

내가 먼저 왼손 무명지 첫 관절을 잘라 글자를 썼다. 그러자 약속이나 한 듯 나머지 동지들이 이를 따랐다. 태극기에 붉은 피로 '대한독립' 네 글자가 아로새겨지자 우리는 큰 소리로 대한독립 만세를 세 번 외쳤다. 동지들은 서로 부둥켜안으며 뜨거운 눈물을 흘렸다.[6] 나는 남은 동료들의

---

6 내가 먼저 ~ 눈물을 흘렸다 : 12인이 손가락을 잘라 쓴 혈서 태극기는 동맹의 1인인 백규삼이 보관하고 있었으나, 안 의사의 동생 안정근이 안 의사의 옥중 유언에 따라 1912년 1월 동맹자들에게 청하여 인수 보관하고 있었다. 안 의사와 맹원들이 선혈로 쓴 '한국독립기'와 단지동맹 때 자른 손가락, 기타 서류는 독립운동가들과 러시아 지역 한인들에게 항일 투쟁을 전개하는 정신적인 지주가 되었다. 일본 외무성 자료에는 "배일배는 신을 숭경하듯이 하고 새로 조선에서 오는 자는 일부러 와서 예배를 청하는 자조차 있다."라고 기록돼 있다.

피를 사발에 모아 다음과 같이 단지동맹의 취지문을 썼다.

"오늘날 나라가 위태롭고 백성이 멸망할 지경에 이르니, 좋은 때가 오기를 기다려야 한다거나, 외국의 도움을 받아야 한다거나 하는 말은 모두 허황된 것이다. 우리 이천만 동포가 일심 단결하여 생사를 불문한 후에야 국권을 회복하고 생명을 보전할 수 있을 것이다. 그러나 우리 동포는 말로만 애국이니 일심 단결이니 하고, 실제로 이를 뒷받침할 간절한 단체가 없는 실정이다. 이에 우리가 손가락 마디를 하나씩 끊어 조국 독립을 위한 단체를 만드니, 그 이름이 '동의단지회'이다. 우리 회원들이 각자 손가락 하나씩을 끊음은 비록 조그마한 일이나 첫째는 국가를 위하여 몸을 바치는 증거요, 둘째는 일심 단결의 표식이다. 오늘 우리가 더운 피로써 청천백일 하에 맹세하니, 지금부터 이전의 허물을 고치고 마음을 합하여 독립을 이룬 후에 태평성대를 누립시다."

이날부터 우리 동의단지회 회원 12인[7]은 러시아 각지에

---

7 동의단지회 회원 12인 : 대부분 의병 출신인 '동의단지회' 맹원은 20대 중후반 혹은 30대 초반의 젊은이들이었다. 안 의사를 포함하여 박봉석, 강계찬, 백남규, 강기순, 유치홍, 김기룡, 정원주, 김백춘, 조순응, 김천화, 황병길의 12인이 그들이다. 명단은 자료에 따라 다소 차이가 있다.

흩어져 동포의 교육에 힘쓰고, 민의를 모으며 여러 신문을 구독하면서 독립운동의 방향을 모색하기 시작했다. 약 300여 명의 의병을 모아 훈련을 실시하기도 하고, 이 지역에 들어와 밀정 노릇을 하고 있는 일진회 무리를 색출하기도 했다.

6 그가 온다

동의단지회 활동에 온 힘을 모으던 그해 5월 진남포에 갔던 정대호가 가족의 소식을 전해 왔다. 와락 그리움이 사무쳤다. 어느새 고향을 등진 지 만 2년, 어머니와 아내의 얼굴을 그리니 뜨거운 눈물이 쏟아졌다. 아이들은 많이 컸겠지. 배 속에 있던 막내가 태어났다는데 어떻게 생겼을까? 나는 정대호에게 가족을 러시아로 데려와 달라고 부탁하였다.

아울러 나는 동지 몇 명과 국내에 잠입해 여러 가지 동정을 살피고자 했다. 신문만으로는 사실 확인이 안 되는 것들이 많았다. 이토 히로부미가 한국 통감 직을 그만두고 새로운 통감이 들어섰다는 풍문도 들렸다. 그렇다면 이토를 제거할 기회는 영영 달아나 버리는 것이라 안타까운 마음만 가득할 뿐 사실 여부를 알 수가 없어 애가 탔다. 그렇지만 국내 잠입할 비용을 마련할 길이 없었다. 게다가 일본군의 감시를 뚫기도 만만치 않은 일이었다.

그렇게 생각만 한가득일 뿐 독립운동을 위해 할 수 있는 일이 거의 없는 날들이 지속되었다. 모두 우울한 소식뿐이었다. 러시아는 한국의 독립운동을 드러내놓고 제지하였다. 들리는 소문에 의하면 러시아가 일본과 함께 만주를 양분하기 위해 협상을 진행 중이기 때문에 앞으로는 러시아에서 한국 의병 활동가들을 아예 추방하리라고도 하였다. 일본의 비위를 맞춰야 하는 러시아의 입장에서는 한국 독립운동가들이 매우 거추장스러운 존재가 된 것이다.

그렇다면 우리는 어디로 가야 한단 말인가. 국내에서도, 간도에서도, 이곳 연해주에서도 의병 활동을 할 수 없다면 의병 활동을 접어야 하는가. 우리는 독립운동의 방식을 바꿔야 하는 것이 아닐까.

9월도 끝나 가던 어느 날, 갑자기 아무 까닭도 없이 기분이 울적해지며 초조함이 엄습해 왔다. 하느님께 기도도 해 보고, 바닷가에 나가 차가워지는 바람을 온몸에 맞으며 달려도 보았으나 울적함과 초조함을 진정하기가 어려웠다.

'생각만으로 되는 일은 없어. 나태하다는 증거일 뿐이야. 어서 떠나. 떠나라고! 어디든 가라고!'

누군가가 자꾸 채근을 해 댔다.

'그래. 더 이상 크라스키노에서 시간을 보낼 수 없어.'

나는 짐을 꾸렸다. 그리고 동지 몇 명을 만나 작별 인사를 전했다.

"왜 그러는 것이오? 갑자기 어디로 간단 말이오?"

"마음에 번민이 일어 이곳에서는 더 이상 머물 수가 없소. 그간 내 사명을 망각하고 있었던 것 같소. 일단 블라디보스 토크로 가려고 하오. 거기에서 무슨 방도가 생기겠지요."

"그럼, 언제 돌아오오?"

"다시는 안 돌아오겠소."

무심코 나온 말에 나도 놀라고 동지들도 놀랐다. 나도 모르는 누군가가 내 대신 서둘러 크라스키노를 떠나도록 강요하고 있다는 생각이 들었다.

동지들과 작별하고 길을 떠나 포시예트 항에 도착하고 보니 기선 우수리호가 막 블라디보스토크로 떠나기 직전이었다. 일주일에 겨우 한두 번 운항하는 배를 탈 수 있었던 것이 내게 큰 행운이었다는 것은 나중에 알 수 있었다. 만약 이때 배를 타지 못하고 한 주 뒤에 블라디보스토크에 도착했다면 이토 히로부미는 만주 분할에 대해 러시아와 만족스러운 회담을 한 후 자국으로 돌아가 버렸을 것이기 때문이다.

그러나 나의 블라디보스토크행, 나아가 이토 히로부미와의 조우는 누군가가 치밀하게 짜 놓은 각본인 것만 같았다.

나는 나도 모르는 새 이를 연기하는 배우인 셈이었고.

배를 탄 지 아홉 시간 만에 블라디보스토크에 도착하였다. 이날이 10월 19일이다. 동포 이치권의 집에 기숙을 정하고 짐을 푸는데 이치권이 대뜸 물었다.

"이토가 온다기에 서둘러 온 거요?"

"무슨 소리요? 이토가 온다고?"

나는 화들짝 놀랐다.

"다들 아는 소식을 모르는 척할 건 뭐요?"

'이토가 온다니? 어디를? 왜?'

내 가슴은 두방망이질을 치고 있었다. 나는 무슨 일인지 자세히 물었다.

"자세히는 모르지만 지금 블라디보스토크에는 이토가 만주를 방문한다는 소문이 자자하다오. 그리고 이토를 처단할 절호의 기회라고 공공연하게 떠벌리고 다니는 자들도 있다오."

"정말이오?"

나는 너무 기뻐 만세라도 부르고 싶었다. 그러나 짐짓 태연을 가장했다. 일진회 무리가 우글거리는 이곳에서 이토를 처단하겠다고 떠들어 대는 것은 거사에 전혀 도움이 되지 않을 것이 뻔했다.

흥분된 마음에 잠을 설친 나는 다음 날 서둘러 대동공보
사8를 찾았다.

대동공보사에는 김만식, 이강, 정재관 등의 기자들이 일
하고 있다가 나를 반갑게 맞았다.

"이토가 온다고 해서 왔는가?"

김만식이 내 의중을 떠보려고 물었다.

"이토 한 사람을 죽인다고 한국 독립이 될 리가 있소. 그
보다는 영웅을 알아보는 여자를 찾는 신문 광고를 내 주시
면 어떻겠소?"

나는 이토의 방문 사실에 흥미가 전혀 없는 체 일부러 화
제를 딴 데로 돌렸다. 그러자 대동공보의 주필을 맡고 있던
이강이 나를 자기 방으로 부르더니 은밀히 묻는 것이다.

"내가 보낸 전보를 보고 온 것이오?"

---

8 대동공보사 : '해조신문'의 후신으로 최재형, 최봉준, 김병학 등 러시아 한인 민
회의 기관지 역할을 수행하고 있었다. 법적인 대표는 러시아인 페트로비치 미하
일로프였지만 실질적인 사장은 함경북도 경흥 출신으로 36세인 유진율이었다.
그는 러시아에 귀화했으면서도 한국인 민회에 빠지지 않고 참석하고, 국권 회복
운동을 주도하고 있었다. 한인 사회에서 그의 신망은 대단히 높았다. '대동공보'
에는 또 이강(李剛)이라는 평안남도 평양 출신의 논설 기자가 있었다. 신민회가
발족하면서 블라디보스토크 지회의 간부에 선임되고, 미국의 샌프란시스코와 하
와이 한인들과 구국 운동의 연계를 맺고 있었던 인물이다. 안중근과 가장 친밀
한 사이였다고 한다. 당시에는 '대동공보'의 주필을 맡고 있었다.

"전보를 보냈소? 아니오. 나는 받지 못했소. 그저 우연히 오게 되었소."

"내가 이토가 올 예정이니 속히 오라는 전보를 보냈소. 어찌 됐든 이렇게 왔으니 잘 됐소."

이강이 전한 내용은 다음과 같았다.

한국 통감 직을 사임하고 추밀원 의장으로 있던 이토가 하얼빈에서 러시아의 대장상을 만나 만주 분할을 위한 협약을 체결하기로 했다는 것이다. 이 사실은 이미 여러 신문에 자세히 소개되고 있었다. 크라스키노에 있는 사람들만 모르고 있었던 것이다.

'몇 년 동안 소원하던 목적을 이제야 이루게 되었구나. 늙은 도적은 이제 내 손에 끝나는구나.'

4년 전, 서울에 가서 을사조약 체결에 대한 이토의 만행을 접한 후 얼마나 벼르고 별러 오던 일인가. 그가 제 발로 호랑이굴로 걸어오고 있다니! 나는 덩실덩실 춤이라도 추고 싶었다.

좀처럼 가라앉지 않는 마음을 달래며 이강과 한동안 얘기를 하고 있는데 누군가 문을 두드렸다.

"누구시오?"

문이 열리자 거기에는 꿈에도 보고 싶었던 우덕순이 서

있었다. 지난해 의병 국내 진입 작전을 할 때 죽을 고비를 넘기고 살아남았던 동지이기에 그를 보면 늘 애틋했다. 지난겨울 안창호 등이 미주에서 조직한 공립협회의 블라디보스토크 지회 창립식 때 보고는 못 보았으니 근 1년 만에 다시 마주한 것이다.

"아니, 우 동지가 여기에 어쩐 일이오?"

나는 달려가 그를 안으며 말했다.

"그건 내가 물어야 할 소리 같소. 나는 여기 대동공보 회계 책임자이니 드나드는 것이 이상할 것이 없소이다. 그런데 크라스키노의 의병장이 이곳에 어쩐 일로 오셨소이까?"

"하하하! 그렇구려. 우 동지가 보고 싶어서 견딜 수가 있어야지요. 그래서 이렇게 달려온 것이라오."

"이토가 보고 싶어 온 것은 아니고요?"

우덕순의 말에 순간 정적이 감돌았다.

"아하! 내 농담이 너무 짙었나 보군. 이강 선생님, 오늘도 이토가 온다는 소식에 대동공보가 날개 돋친 듯 팔려나갔습니다. 여기 수금한 돈과 남은 신문입니다."

우덕순이 책상 위에 신문과 돈이 든 가방을 내려놓았다. 당시 그는 담배 행상과 대동공보의 판매를 겸하며 생활비를 벌고 있었다.

그의 너스레를 보며 나는 그와 함께 이번 거사를 해야 한다는 직감이 일었다.

"우 동지! 사람의 생각을 꿰뚫는 눈은 여전하구려. 그런데 나보다 우 동지가 이토를 더 만나고 싶어 하는 듯싶소."

"하하하하! 제대로 간파하셨구려. 지금 이토를 만나러 가고 싶어 아주 안달을 하던 참입니다."

우덕순이 이렇게 말하며 내 손을 잡았다.

"그럼, 함께 갑시다!"

누구의 말이라고 할 것도 없이 둘은 동시에 이렇게 말했다.

"두 분의 뜻이 통하셨군요. 유진룡 선생님과 최재형 선생님께서 좋아하시겠습니다. 제가 두 분의 뜻을 전하겠습니다."

이강의 들썩이는 배웅을 받으며 우리는 대동공보사를 나와 앞으로의 계획을 의논하였다.

7 마중

그날 밤 나는 짐을 꾸리며 한 가지 고민에 빠졌다. 당장 하얼빈까지 가는 여비도 없거니와 낡은 총이 걱정이었다. 원수를 앞에 두고 총이 고장 나 놓쳐 버리는 불상사도 생각하지 않을 수 없었다.

문득 이석산⁹ 의병장이 떠올랐다. 황해도에서 의병 활동을 하다가 얼마 전 무기를 구입하기 위해 이곳에 와 있다는 소식을 전해 들었다. 그러면 내게 돈을 빌려줄 터였다.

내가 그의 거처에 도착했을 때 그는 행장을 꾸려 길을 떠나려고 문을 나서는 참이었다.

"선생님, 저는 안응칠이라고 합니다. 급히 부탁드릴 일이

---

9 이석산 : 이진룡으로 여겨지는 인물. 독립운동가. 일명 석대(錫大). 황해도 평산 출생. 유인석의 제자로 성품이 강직하였다. 1905년 을사조약이 체결되자 박정빈, 조맹선 등과 평산에서 의병을 일으켰다. 1911년까지 황해도, 강원도, 평안도 등 국내에서 의병 활동을 활발히 전개하였다. 1911년 만주로 망명하여 이곳에서 독립운동을 하다가 1919년 일본의 앞잡이 임곡의 밀고로 관전현(寬甸縣)에서 체포되어 평양 감옥에서 자신을 탈출시키려던 동지 황봉신 형제와 함께 사형 당했다. 이 소식을 듣고 그 부인 우씨도 따라 자결하였다. 1962년 3월 1일 대한민국 건국공로훈장 단장을 받았다.

있어 이렇게 왔습니다."

"무슨 일이오?"

"조용한 곳에서 얘기를 나누고 싶습니다."

그가 자신의 방으로 나를 안내했다.

"실례지만 제게 백 원만 빌려주십시오."

그가 깜짝 놀라며 나를 쳐다보았다. 무엇을 믿고 네게 백 원을 빌려주느냐는 듯 어이없어하는 표정이 역력했다.

"급히 쓸데가 있어서 그렇습니다. 돌려 드리지는 못하겠지만 내용을 아신다면 선생님께서 저보다 더 좋아하실 일에 쓸 겁니다."

"내게 돈이 있다는 것을 어떻게 알고 왔는지 모르겠네만, 그런 큰돈을 줄 수 없네. 나도 지금 사야 할 것은 많고 돈은 부족해서 쩔쩔매고 있는 형편이야."

"선생님, 선생님께서 그 돈을 어디에 쓰려고 하시는지 압니다. 저도 같은 일에 쓸 것입니다. 이것은 촌각을 다투는 일입니다. 모쪼록 빌려주시면 온 민족에게 큰 기쁨이 될 것입니다."

이석산은 처음 보는 나를 믿으려고 하지 않았다.

"안 되겠네. 다른 데 가서 구하게. 나는 나가 보겠네."

순간 나는 주머니에서 권총을 뽑아 그의 머리에 댔다.

"아니 이게 무슨 짓인가?"

"급합니다. 빌려주십시오. 안 그러면 선생님이 위험해지십니다."

그가 형형한 눈빛으로 나를 쏘아보았다. 마치 쏘려면 쏘아 보라는 듯한 눈빛이었다. 황해도 의병장으로 일본군의 간담을 서늘케 한 위용이 온몸에 드러났다. 그러나 나도 여기에서 물러날 수 없었다. 이토를 만나러 가야 한다. 생전 이렇게 마음이 조급하게 달아오른 적이 없었던 듯하다.

나는 그의 눈을 마주 쏘아보며 당장이라도 방아쇠를 당길 것처럼 위협했다.

"좋네. 자네 뜻대로 돈을 주지. 국내의 동포들이 모아 준 귀한 돈이네. 만약 이 돈을 함부로 썼다가는 온 국민이 용서치 않을 걸세."

이석산은 이렇게 말하며 내 손에 백 원을 쥐여 주었다.

"선생님, 감사합니다. 민족의 원수를 처단하는 데 꼭 성공하겠습니다."

나는 그에게 큰절을 하고 그와 헤어져 곧바로 대동공보사로 향했다. 대동공보의 실질적 사장인 유진룡이 하얼빈으로 가기 전, 꼭 들르라고 했기 때문이다.

유진룡은 대동공보사 앞에서 마차를 대기시켜 놓고 있었

다. 마차 안에는 벌써 우덕순이 타고 있었다. 내가 마차에 오르자 유진룡은 어디론가 말을 몰았다.

30분이 되지 않아 광막한 태평양이 시야에 들어왔다. 루스키 섬의 편백 나무 초록 숲이 새파란 바다를 배경으로 일렁이고 있었다. 이윽고 말이 천천히 멈추었다. 10월 하순의 차가운 아침 바람에 가슴이 뻥 뚫리는 듯한 쾌감이 전신의 혈관을 타고 흘렀다.

"두 분 내리시지요."

태평양의 맑은 공기를 깊이 들이마시며 마차에서 내린 우리에게 그가 말없이 상자를 하나씩 건넸다.

"무엇입니까?"

"열어 보십시오."

상자를 연 내 입에서도, 우덕순의 입에서도 감탄사가 절로 나왔다. 상자 안에는 내가 그토록 갖고 싶었던 브라우닝 신형 권총이 있었다.

"최재형 선생이 보낸 겁니다. 한 번 시험해 보시겠습니까?"

그가 언덕바지로 30보 정도를 걸어가더니 돌탑 8개를 쌓고 돌아왔다.

그사이 나는 상자 안에 누워 있는 권총을 조심스럽게 꺼냈다. 총이 손바닥에 꼬옥 들어와 안겼다. 마치 친한 벗의

손을 잡은 듯했다. 무엇보다 안주머니에 표나지 않게 넣을
수 있을 만큼 작다는 점에서 이번 거사에 안성맞춤이었다.
탄창을 총신에 꽂고 나니 적당한 무게가 안정감을 더했다.

"자, 저것들이 이토의 심장이라고 생각하고, 한 번 쏘아
보십시오."

청계동에서 엽총을 들고 사냥할 때부터 명사수로 소문난
나다. 권총을 들어 8개의 표적 중 첫 번째 것을 향했다.

타앙!

총신이 불꽃을 뿜었다. 첫 번째 돌이 총알에 맞아 튀어
달아났다. 노리쇠가 뒤로 열리며 흰 연기와 함께 탄피를 뱉
어내더니 두 번째 총알이 달가당 장전되었다. 이윽고 나머
지 7개의 돌도 차례로 총알을 맞고 신음하였다. 유진룡과
우덕순이 박수를 했다. 가슴에 용기가 솟아올랐다. 이토가
아닌 일본 왕이래도 당장 없앨 수 있을 것 같았다.

"꼭 성공하겠습니다. 최재형 선생께도 실망시키지 않겠
다고 전해 주십시오."10

----

10 그날 밤 ~ 전해 수십시오 : 안중근 의사가 이토를 저격한 총을 입수한 경로는
  분명치 않으나 최재형과 대동공보사가 거사를 도왔다는 것이 정설이다. 이 에
  피소드는 최재형과 대동공보사가 거사 준비를 도왔다는 설을 바탕으로 재구성
  한 내용이다.

우리는 블라디보스토크역으로 직행해 하얼빈행 기차를 탔다. 기차가 스이펜호에 있는 포브라니치나야 역에 멈춰 서자 유진룡 사장이 일러 준 대로 기차에서 내려 스이펜호에서 한의원을 하는 유경집 선생을 찾았다. 러시아어 통역을 구하기 위해서였다.

"고국에서 처자식이 오기로 되어 있는데, 우리가 러시아 말을 모르는, 고로 통역을 좀 소개해 주실 수 있으신지요?"

나는 우리의 목적을 밝힐 수 없어 이렇게 둘러댔다. 그러나 완전한 거짓은 아니었다. 지금 정대호가 진남포에 가서 식구들을 데리고 이곳으로 오고 있을 터였다. 식구들이 와도 볼 수 있을지 장담할 수는 없었지만.

내 말에 유경집 선생이 반색했다.

"그렇지 않아도 약을 사러 아들을 하얼빈으로 보내려던 참이었소. 아직 17살이지만 속은 꽉 찬 아이라 도움이 될 겁니다. 염려 말고 동행하시오."

이렇게 해서 유경집의 아들 유동하와 셋이 다시 기차에 올랐다. 혹여 거사가 탄로 날까 싶어 하얼빈까지 오는 동안 따로따로 앉았다.

22일 밤 9시 15분, 하얼빈역에 도착한 우리는 하얼빈 한민회 회장이자 유동하의 매형 되는 김성백의 집에서 여장

왼쪽부터 순서대로 안중근, 우덕순, 유동하

을 풀었다.

　이튿날 우리는 신문을 사 들고 하얼빈역에서 멀지 않은 공원을 찾았다. 이토의 방문 날짜를 확인하기 위해서였다. 이곳에서 발행되는 '원동보'에는 이토의 도착 날짜가 명확하게 기술되어 있지 않았다. 신문에 실린 여러 기사를 종합하면 이토가 이곳에 도착하려면 최소 3~4일은 더 걸릴 것 같았다. 생각보다 시간 여유가 있었다. 그러나 하얼빈역 상황은 예사롭지 않았다. 러시아 경찰들이 하얼빈역 주변을 가득 에워싸고 있어서 그 경비를 뚫고 이토를 살해한다는 것이 쉬워 보이지 않았다.

　나는 먼저 용모를 단정히 할 생각을 했다. 허름한 행색으로 러시아 사람들의 이목을 끄는 것은 바람직하지 않았다. 우선 이발을 하고 우덕순과 함께 양복을 한 벌씩 구입했다. 그리고 사진관에 들어가 생애 마지막이 될지도 모를 사진을 각각 찍었다.

그러나 유동하는 아직 어려 약을 산 뒤 집으로 보내는 것이 옳다고 생각되어 다른 통역을 구하고자 했다. 대동공보의 이강이 써 준 소개장을 가지고 한 사람을 찾으니, 그가 하얼빈의 한 세탁소로 안내를 했다.

"고국에서 처자식이 오기로 되어 있는데, 우리가 러시아 말을 모르는, 고로 통역을 좀 소개해 주실 수 있으신지요?"

유동하를 소개받을 때와 같이 부탁을 했더니 세탁소 주인인 조도선이 흔쾌히 승낙했다.

"그렇지 않아도 기다리고 있었습니다. 어떤 일이든 도와드리겠습니다."

조도선은 함경남도 사람으로 열일곱의 나이에 이곳으로 와서 세탁업과 통역을 하며 살고 있다고 하였다. 그의 말과 행동으로 미루어 보아 거짓됨이 없어 보였다. 만약 이 사람이 우리의 일을 밀고한다면 거사는 물거품이 되고 마는 것이다. 물론 이토의 저격 계획에 대해서는 마지막까지 함구하겠지만 같이 행동하다 보면 부지불식간에 고지가 될 수도 있을 터이다. 그래서 조심스럽기만 했다.

세 사람을 데리고 김성백의 집으로 돌아와 저녁을 먹고 우덕순과 둘이 마주 앉았다. 지난해 국내 진공 작전에서의 처절

한 패배를 상기하자니 저절로 몸이 떨려 왔다. 이번에는 결코 그와 같은 실수를 반복하지 말자고 그와 함께 맹세했다.

필묵을 들어 이런 내 마음을 '장부가(丈夫歌)'라는 시로 지어 그에게 보였다.

> 장부가 세상에 처함이여 그 뜻이 크도다.
>
> 때가 영웅을 지음이여 영웅이 때를 지으리로다.
>
> 천하를 응시함이여 어느 날에 업을 이룰고.
>
> 동풍이 점점 차미여 장수의 의기가 뜨겁다.
>
> 분개히 한번 감이여 반드시 목적을 이루리로다.
>
> 쥐 도적 이토여 어찌 즐겨 목숨을 비길고.
>
> 어찌 이에 이를 줄을 헤아렸으리오 사세가 고연하도다.
>
> 동포 동포여 속히 대업을 이룰지어라.
>
> 만세 만세여 대한독립이로다.
>
> 만세 만만세여 대한동포로다.11

---

11 장부가 세상에 ~ 만만세여 대한 동포로다 : 안중근 의사는 '장부가'를 공책에 한시로 먼저 적고 한글 시로 다시 옮겨 적었다.(안중근의사숭모회 인터넷홈페이지 http://www.patriot.or.kr 참고)

이에 우덕순도 '보구가(報仇歌)'를 지어 읊었다.

조국 사랑과 이토를 향한 분노가 절절하여 나도 모르게 그의 손을 꼭 잡았다. 그의 눈에서 뜨거운 눈물이 흘러내렸다. 나 역시 의거에 성공한 듯 뜨거운 감동의 눈물과 회심의 미소가 얼굴에 가득했다.

다음 날 이른 아침, 나는 세 사람과 함께 하얼빈 공원을 다시 찾았다. 그리고 조도선을 역으로 보내 남청 열차가 서로 바뀌는 지점이 어디인가를 알아 오도록 부탁했다.

잠시 후 돌아온 조도선이 숨 가쁜 듯 서둘러 말했다.

"역무원에게 물었더니 관성자와 하얼빈 사이에 지야이지스고라는 역이 있답니다. 여기서 동청 철도와 남청 철도가 교차하기 때문에 이토가 탄 특별 열차가 서기 쉬울 거라고 합니다."

이 말을 들은 나는 지야이지스고가 거사에 적합한 장소일 거라고 생각했다. 삼엄한 경비가 펼쳐지고 있는 이곳보다는 관심을 거의 끌지 않는 지야이지스고에서 이토가 내릴 수도 있다고 생각되었기 때문이다.

유동하에게는 집에 가는 것을 하루만 더 늦추고 도와주

도록 당부했다. 우리가 지야이지스고에 있을 테니 긴급한 일이 있으면 전보를 쳐 달라고 했다. 아울러 우리의 의거 계획을 상세히 적은 편지와 어제저녁 우덕순과 함께 지은 시 두 편을 블라디보스토크의 대동공보사로 부쳐주도록 부탁했다. 신문 지상을 통해 우리의 의거 소식을 알린다면 더욱 큰 효과를 볼 수 있을 거라는 계산에서였다.

지야이지스고는 하얼빈에 비하면 규모가 형편없이 작았다. 텅 빈 들판에 역사만 덩그러니 하나 있을 뿐이었다. 역 뒤편에 모여 있는 러시아 군인들의 집들이 그나마 적막감을 덜어내고 있었다.

"이곳에 기차가 하루 몇 차례나 내왕하는가?"

역무원에게 물으니 다음과 같이 답했다.

"매일 세 번씩 내왕하는데 오늘 밤에는 특별 열차가 있다. 이 열차가 하얼빈을 출발해 창춘으로 가서 일본 대신 이토를 영접해 가지고 모레 아침 여섯 시에 여기에 이를 것이다."

이렇게 분명한 정보는 처음 듣는 터라 나는 무척 기뻤다.

그러나 그날 상황을 머릿속에 그려 보니 분명한 답이 나오질 않았다. 모레 아침 여섯 시쯤이면 아직 날이 밝기 전

이니 이토가 정거장에 내리기가 쉽지 않을 것이다. 설사 내
린다 해도 어둠 속이라 진짜인지 가짜인지 분간할 수가 없
을 것이다. 더구나 나는 이토의 얼굴을 정확히 모르지 않는
가.

그렇다면 그 전 역인 창춘으로 가 볼까. 하지만 이젠 여
비마저 바닥이 났으니 그럴 수도 없다. 이런저런 생각에 마
음이 몹시 복잡했다.

답답한 마음에 하얼빈에 있는 유동하에게 전보를 쳤다.

"우리는 여기 도착했다. 내가 부탁한 일에 변화가 있으면
바로 알려 달라."

그리고 나는 우덕순과 함께 지야이지스고 역을 샅샅이
살폈다. 경비를 서는 러시아 군인이나 역무원의 눈에 띄지
않게 자연스럽게 역 안팎의 모습을 익혔다. 만약 이곳에 기
차가 선다면 우리가 어디쯤에서 저격할 수 있는지 계산하
고 연습을 했다.

저녁 무렵 유동하에게서 답신이 왔다.

"내일 아침 온다(明日朝來)."

내일?

내일은 25일인데 역장이 말한 것보다 하루 앞당겨졌다
는 말인가?

답답했다. 누구의 말을 믿어야 좋을지 몰랐다. 그러나 모든 경우에 대비해야 한다. 기회는 지나고 나면 끝이기 때문이다.

지야이지스고 역내의 허름한 여인숙에서 밤을 거의 지새우다시피 한 나와 우덕순은 5시쯤 잠을 자고 있는 조도선을 두고 역으로 나왔다.

그리고 기차가 도착하기를 눈을 부릅뜨고 기다렸다. 어제 준비한 대로 이토가 나타나면 해야 할 바를 염두하고 촉각을 곤두세운 채 열차를 기다렸다. 그러나 6시가 지나고, 30분이 더 지나고 또 그만큼의 시간이 흘러도 기차 소리는 들리지 않았다. 맥이 풀렸다.

유동하가 잘못 알았군.

그런데 내일 아침에 만약 그가 온다고 해도 오늘 새벽 같은 상황이라면 이토가 이곳에 내릴 확률은 거의 없어 보였다.

만일 내일의 기회를 잃어버린다면 다시는 일을 도모하기가 어려울 것이다. 그렇다면 가능성을 최대한 높여야 한다.

나는 우덕순에게 제안했다.

"우리가 여기서 마냥 이토를 기다리는 건 현명한 일이 못되오. 동지는 조 동지와 함께 여기서 계획한 대로 거사하시오. 나는 만약을 대비하여 하얼빈으로 가겠소. 그대가 성공한다면 다행한 일이지만 그렇지 못한다면 내가 꼭 성공할 것이요. 만일 두 곳에서 다 뜻대로 되지 않는다면 다시 비용을 마련한 다음 새로 상의해서 거사하도록 합시다."

이렇게 해서 나는 다시 하얼빈 김성백의 집으로 와 다음 날 거사를 준비했다. 이토는 과연 어떤 선택을 할 것인가.

8 응징

10월 26일이 밝았다.

늘 아침마다 드리는 기도이지만 오늘은 더욱 간절함이 앞섰다.

"사랑이 많으신 주님, 지금 세상 곳곳에서는 주님의 복음과 사랑을 전한다는 이들이 오히려 평화를 깨고 살육을 저지르고 있습니다. 저는 그와 같은 제국주의자들을 끔찍이 미워합니다. 오늘 동양의 평화를 어지럽히는 한 제국주의 도적을 처단할 것입니다. 살육을 금지하는 주님의 뜻을 어기는 일이 되겠지만, 죄 없이 죽어 가는 수많은 인류의 목숨을 구하는 일이기에 주님께서도 기뻐하실 줄 믿습니다.

할아버지! 저를 보고 계시지요? 중근답게 담대하고 정의롭게 이 일을 행하겠습니다. 할아버지의 손자이자 대한의 아들, 하느님의 아들인 저 중근을 지켜봐 주십시오."

묵주를 손에 쥐고 나직이 기도하고 나니 새로운 기운이 온몸 가득 흘렀다.

요 며칠간 입고 다닌 새로 산 양복을 입을까 하다가 언제

나처럼 검은색 양복 위에 반코트를 걸치고 모자도 썼다. 늘 입던 것들이라 몸이 한결 편했다. 새 양복은 새 시대를 사는 이들에게 필요하리라.

어젯밤 공들여 닦은 권총과 탄알을 다시 한번 살펴보고, 지금도 자신의 성공을 응원하고 있을 그들을 생각하며 상의 안주머니에 권총을 소중히 넣었다.

김성백의 집을 나서니 영하의 차가운 기운이 맹렬하게 몸속을 파고들었다. 그 차가운 공기를 깊이 들이마시자 가슴속마저 얼얼해지는 기분이었다. 서둘러 하얼빈역을 향해 걸었다. 추운 날씨도 아랑곳하지 않고 일장기를 손에 든 남녀노소가 역으로 몰려들고 있었다. 나라 사랑에 추위가 무슨 상관이리오. 새삼 코끝이 찡해졌다. 나도 모르게 태극기가 숨겨진 가슴으로 손이 갔다. 부러워할 일만은 아니지. 내게도 저렇게 태극기 들고 만세를 부를 조국이 있지 않은가!

나는 역사 안 찻집에 들어가 철로가 잘 보이는 자리를 골라 앉았다.

7시!

뜨거운 차를 시켜 마시니 잠시 얼었던 몸이 녹아내린다. 그러나 일장기를 든 일본인들의 애국심을 생각하니 이마저

사치인 듯싶었다. 혹시라도 지야이지스고에서 무슨 소식이 있지 않나 기다렸으나 역 주변에는 어떤 불안한 기운도 없었다. 기차가 지야이지스고에 6시에 도착한다고 했으니 거사를 했다면 벌써 소식이 전해졌을 법도 한데.

'기차가 지야이지스고에 서지 않은 건가?'

이런저런 생각에 빠져 있는 사이 바깥 풍경은 계속해서 바뀌고 있었다. 인파가 차츰 늘더니 나중에는 철도가 보이지 않을 만큼 역사를 가득 채웠다. 고유 복장을 한 일본인들과 청나라인, 러시아인 등 여러 인종이 역 안으로 계속 모여들었다. 분주히 뛰어다니는 이, 여기저기서 행사 관계로 소리치는 이 등으로 역사는 장터를 방불케 했다. 이런 상황이라면 무슨 일이 일어나는지도 모를 지경이라 나는 서둘러 밖으로 나왔다.

인파 사이로 러시아 의장대와 군악대가 철도와 나란히 줄을 맞춰 도열해 있는 것이 보였다. 러시아 경비병들이 의장대와 군악대 쪽으로 인파가 더 이상 근접하지 못하게 바리케이드를 치고 있었다. 그러나 환영객에 밀려 바리케이드는 자꾸 안으로 좁혀지는 형국이었다.

찻집에서 나오는 순간, 나도 그 인파 속 하나가 되어 안쪽으로, 안쪽으로 밀려들어 갔다. 그때 희미하게 기적 소리가 들려오는가 싶더니 먼 길을 달려오느라 고단한 기차의 증기 뿜는 소리, 바퀴 소리가 점차 확연해졌다.

그가 온다!

시계를 보았다.

9시 15분!

기회가 나에게 주어졌구나.

지야이지스고에서 아무 일도 일어나지 않은 것이 분명하다.

안도와 함께 긴장감이 온몸의 신경을 가을 서릿발처럼 바짝 일으켜 세웠다.

조금 더 안쪽으로 들어가야 한다.

인파를 뚫고 나니 러시아 경비병의 벽에 막혔다. 나는 순간 그들이 검문할 수도 있겠다는 생각을 했지만, 그들은 밀려드는 환영객을 막느라 정신이 없어 내게 주의를 기울일 처지가 아니었다.

기차가 섰다.

동시에 군악대의 요란한 팡파르가 터졌다. 일장기를 든 환영객들이 일제히 깃발을 흔들며 환호했다.

'이토가 내렸나?'

나는 러시아 경비병들 틈으로 기차를 주시했다. 키 큰 러시아 대신과 그를 보좌하는 몇 명이 기차 안으로 올라가는 것이 보였다.

그리고 긴 침묵이 흘렀다.

이토와 러시아 대신 간에 이곳 만주를 놓고 흥정하고 있을 터였다. 혹은 한국에 대한 영구한 지배를 러시아가 승인하고, 그 반대급부를 일본에 요구하는지도 모를 일이다. 어쨌든 그들은 당사자의 동의 없이 땅과 사람의 소유권을 제멋대로 가르는 만행을 저지르면서도 하등의 죄책감을 느끼지 못하는 것이다.

기다리기에 지친 군중 여기저기에서 소란이 일었다. 러시아 경비병들은 군중이 앞쪽으로 밀려들지 못하게 막느라 진땀을 빼고 있었다.

'오래 걸리는군.'

생각하며 시계를 보니 9시 25분!

그때 다시 한번 군악대의 팡파르가 울리더니 뒤이어 장엄한 곡이 연주되었다. 나는 상황을 확인하기 위해 경비병들 틈을 비집고 들어갔다. 그건 나뿐만이 아니었다. 열도에서 수만 리 떨어진 이곳까지 영역을 넓혀 온 조국에 대해 긍지 가득한 일본인들은, 자신들의 우상 이토를 보기 위해 나보다 더욱 열정적으로 러시아군 바리케이드에 덤벼들었다.

그런 그들이 미웠다. 아니, 맹렬한 분노가 가슴에서 끓어올랐다. 자신들의 욕심을 채우기 위해 남을 죽이고, 남의 땅을 침탈하는 것을 영웅시하는 그들이야말로 이토와 같은 괴물을 만든 근본이 아니겠는가?

오늘 너희를 단죄하리라!

그가 보였다.

키 큰 러시아인들, 그리고 비교적 젊은 동양인들에 둘러싸여 자애로운 미소를 띤 채 여러 나라 대표와 일일이 악수를 하는 사람. 키가 유난히 작고 수염을 기른 누런 얼굴빛.

이토!

바로 그였다.

이날을 얼마나 기다려 왔던가!

이날을 위해 내 생이 예비하여 있는 것이 아니던가.

기쁨으로 온몸의 혈액이 불꽃놀이 하듯 펑펑 터지는 것 같았다. 숨을 크게 들이마셨다. 차가운 기운이 머리를 식혀 주었다.

그가 이쪽으로 가까이 온다.

러시아 군인들을 지나 군악대와 의장대가 도열해 있는 곳으로.

조금 더 가까이, 조금 더 가까이!

이토와 그 일행은 군악대의 연주와 의장대의 일사불란한 움직임을 흐뭇하게 바라보며 유유히 걸어오고 있었다. 조금 전 기차 안에서의 협상이 만족스러운 듯했다.

이토 히로부미!

그동안은 일사천리로 잘도 해 왔구나. 하지만 이제 너의 시대는 끝났다.

"일본국 만세!"

"이토 상 만세!"

여기저기에서 일본 사람들의 감격에 겨운 만세 소리가 터졌다. 이토가 미소를 지으며 자신의 동포를 향해 모자를 들어 인사했다.

자랑스러운 조국!

그래, 너희들에게 자랑스러운 그 조국이 우리에겐 국권을 빼앗아 간 치욕의 대상이다.

그런 너희들이 무엇을 잘못했는지 알려 주겠다.

나는 망설임 없이 러시아 의장대 사이를 지나 성큼성큼

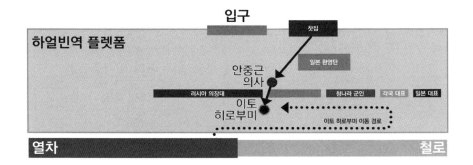

앞으로 걸어나갔다. 그리고 안주머니에서 어제 그토록 소
중히 갈무리했던 권총을 꺼내 그를 겨누었다.

　탕!

　탕!

　탕!

　연습하듯 방아쇠를 당겼다.

　무너져 내리는 이토가 보였다. 이를 축하하듯 총소리와
군악대의 음악 소리가 어우러져 더욱 높아만 갔다.

　'혹시……?'

　'어쩌면 쓰러진 저자는 이토로 위장한 자일지도 몰라. 저

뒤에 있는 자들 중 진짜 이토가 있을지도…….'

불현듯 스친 생각에 나는 이토 뒤쪽에 따라오던 동양인을 향해 네 발을 더 발사했다.

순간, 군악대의 연주가 멈추었다. 간도의 북쪽, 고구려와 발해의 기상이 넘쳐흐르던 이 공간에 잠시지만 영원 같은 정적이 흘렀다.

"꼬레아 우라! 꼬레아 우라!"

내 안에 고였던 뜨거운 마그마가 하얼빈역에 모였던 군중들 위로 뜨겁게 분출했다. 그것은 30년간 내 안에 키워왔던, 세상에 대한 열정이었다. 세상은 나에게 사랑과 평화를 이런 식으로 표현하게 했다. 진정한 평화, 진정한 사랑이 어떤 형식과 방법으로 인류의 가슴속에 내재해야 하는지 지난 세월의 공부에 대한 나의 답이었다. 할아버지와 하느님의 사랑에 대한 보답이기도 했다. 또한, 일제의 만행에 짓눌렸던 한국인들이 일시에 토해내는 뜨거운 함성이기도 했다.

러시아 헌병들이 나를 제압해 왔다. 나는 순순히 그들에게 몸을 맡겼다.

이 세상에서 내 임무는 끝이 났기 때문이다.

4부 뤼순 시절

내가 한국 독립을 회복하고
동양 평화를 유지하기 위하여
3년 동안 해외에서 풍찬노숙을 하다가
마침내 그 목적을 달성하지 못하고 이곳에서 죽는다.
우리들 2천만 형제자매는 각각 스스로 분발하여
학문에 힘쓰고 실업을 진흥하며
나의 끼친 뜻을 이어 자유 독립을 회복한다면
죽는 자로서 유한이 없을 것이다.

1 재판

일본과의 전투에서 완패한 러시아는 일본이 이토 저격 사건의 책임을 자신들에게 물을까 두려운 나머지, 바로 그 날 밤 나를 하얼빈 일본 영사관으로 넘겨 버렸다. '죽이든 살리든 너희가 알아서 해라. 우리는 이 사건과 관계없다.' 이런 뜻일 것이다. 그렇다면 일본인들의 선택은 명약관화 한 일이다. 나는 이토와 함께 죽은 셈이다. 그러나 그것은 그들이 선택한 것이 아니다. 이 일의 성패, 재판의 관할 여 부와 관계없이 이토를 죽이고자 처음으로 결심했던 1905 년에 나는 이미 내 목숨을 저당 잡혔었다. 이제부터 나는 그들의 재판 놀이를 지켜볼 뿐이다.

나는 이토를 총살시켰다.

그것은 다음의 열다섯 가지 죄목 때문이다.

1. 한국의 민 황후를 시해한 죄
2. 한국 황제를 폐위시킨 죄
3. 5조약과 7조약을 강제로 체결한 죄

4. 무고한 한국인들을 학살한 죄

5. 정권을 강제로 빼앗은 죄

6. 철도, 광산과 산림, 천택을 강제로 빼앗은 죄

7. 제일 은행권 지폐를 강제로 사용한 죄

8. 군대를 해산시킨 죄

9. 교육을 방해한 죄

10. 한국인의 외국 유학을 금지시킨 죄

11. 교과서를 압수하여 불태워 버린 죄

12. 한국인이 일본인의 보호를 받고자 한다고 세계를 속인 죄

13. 현재 한국과 일본 사이에 싸움이 그치지 않아 살육이 끊이지 않는데, 한국이 태평무사한 것처럼 위로 천황을 속이는 죄

14. 동양 평화를 파괴한 죄

15. 일본 천황의 아버지인 태황제를 시해한 죄

나는 대한민국 의군 참모 중장으로 전쟁 중 포로로 사로잡힌 몸이다. 그러니 나를 만국 공법에 따라 포로로 대우하라. 내가 전에 일본군 포로를 풀어 준 것처럼 나도 상응하게 대우하라. 그렇게 못하다면 최소한 도덕성 면에서 우리

가 당신들보다 나은 셈이다.

나를 심문하던 미조부치 검사가 내 말을 듣고는 놀라서 입을 다물지 못했다. 위압적이고 얕잡아 보던 언행이 진지함과 공손함으로 바뀌었다. 뤼순 감옥으로 옮긴 뒤부터는 심문한 뒤 언제나 이집트 담배를 나누며 같이 담소할 정도가 되었다.

그것은 미조부치 검사만이 아니었다. 야스오카 세이시로 검사는 나를 직접 심문하지는 않았지만, 늘 내게 관심을 갖고 재판소의 직원들로부터 돈을 거두어 음식과 속옷을 사서 넣어 줬다. 그밖에 교도소장 구리하라, 교도관 나카무라, 아오키, 다나카, 통역 소노키, 경시관 사카이, 교화승 쓰다 가이준 등 감옥과 관동 도독부 법원에 있는 일본 사람 누구나 내게 호의적이었다.

그들은 내게 주말마다 한 번씩 목욕할 수 있는 특전을 허용했다. 날마다 오전 오후 두 차례씩 감방에서 사무실로 나를 데리고 나와 각국의 고급 담배와 서양과자, 차를 대접했다. 또한, 하루 세 끼 좋은 쌀밥과 밀감, 배, 사과 등의 과일도 먹을 수 있게 했으며 좋은 내복, 솜이불을 제공했다.

나는 그들의 후대에 느꺼운 감정이 일 정도여서 일부러 스스로를 경계해야 했다. 특히 내 재판의 변호인으로 지정

되었다며 러시아와 영국 변호사가 찾아왔을 때, 나는 심지어 다음과 같은 생각을 하지 않을 수 없었다.

'일본의 문명이 이 정도까지 발전한 것인가? 내가 일본을 잘못 이해했단 말인가? 정녕 내가 망동을 했단 말인가?'

그러나 거기까지였다. 2월 초, 히라이시 고등 법원장이 본국에 다녀오고 나서 미조부치 검사의 태도가 일변하였다. 심문하는 동안 강압적 언사, 억설, 비웃음은 예사요, 심지어 능욕과 모멸까지 하는 것이었다. 예정됐다던 외국인 변호사는 물론 한국인 변호사조차 선임할 수 없었다. 내게는 두 명의 일본인 변호사가 배정되었다.

그러면 그렇지. 다행이다.

한국에서 수많은 동포를 압제하는 일본인과 여기 있는 일본인이 어찌 다를 것인가. 그들은 이토를 비롯한 일본 정치인들의 하수인일 뿐이다. 내가 아무리 동양 평화를 외쳐대도 일본의 정치인들은 그들의 야욕을 위해 현재와 같은 무력 팽창 정책을 지속할 것이고, 여기 지금 나를 후대하고 있는 이들은 나를 죽인 후 그들의 행위에 대한 성찰 없이 꼭두각시처럼 수많은 독립운동가를 이곳에서 고문하고 죽일 것이다.

2월 7일, 첫 공판이 열렸다. 그간 이토 저격으로 붙잡혀 들어왔던 수십 명의 피의자 중 나와 우덕순, 조도선, 유동하 네 사람만 재판을 받게 되었다. 죄 없는 이들이 풀려나게 된 것이 천만다행이다. 피고인석에 앉은 우리는 오랜만에 눈인사만이라도 할 수 있게 되어 반가웠다. 무엇보다 우덕순 동지의 눈빛에서 성공에 대한 만족감과 고마워하는 마음이 전해져 내 가슴은 다시 그날로 돌아간 듯 감격으로 차올랐다.

그날 두 곳으로 나누어 결행하게 된 것이 얼마나 다행스러운 일이었던지. 만약 지야이지스고 역에 모두 함께 있었다면 이토는 지금 기고만장하여 한국 땅은 물론 만주까지 주무르고 있을 터였다.

방청석은 일본인들로 가득했다. 몇백 명은 족히 돼 보였다. 용감하게 내 변호를 하겠다고 나선 한국인 변호사 안병찬 씨가 방청석에서 내 재판을 지켜보았다. 내 변호를 허가받았다던 러시아, 영국 변호사도 방청석에 있었다. 러시아와 중국, 멀리 미국의 동포들까지 조금씩 돈을 모아서 러시아와 영국 변호사 비용을 지불했다고 들었다. 나를 위하는 동포들의 마음에 가슴이 뜨거워져 나는 재판이 진행되는 내내 동포들 전체의 변호를 듣고 있는 것처

럼 생각되었다. 그랬기에 더욱 당당하게 내 입장을 표명
할 수 있었다.

"피고의 범죄는 분명하고 의심할 바가 없다. 그러나 그것
이 오해에서 비롯된 일이므로 그 죄가 중대하지는 아니하
다."

미조부치 검사의 사형 구형에 대한 일본인 변호사의 군
색한 변호에 나는 피고인으로서 다음과 같이 발언했다.

"이토의 죄상은 천지신명이 다 아는 일인데 무슨 오해란
말인가. 더구나 나는 개인적으로 사람을 죽인 범죄자가 아
니다. 나는 대한국 의병 참모 중장으로 임무를 띠고 하얼빈
에 이르러 전쟁을 일으켜 습격한 뒤 포로가 된 몸이다. 따
라서 뤼순 지방 재판소와는 전혀 관계가 없는 일이니, 만국
공법과 국제 공법으로 판결하는 것이 옳다."

'나는 당당한 대한국 국민인데, 왜 오늘 일본 감옥에 갇
혀 있는 것인가. 더욱이 일본 법률에 따라 재판을 받는 까
닭이 무엇인가. 내가 언제 일본에 귀화라도 했단 말인가.
판사도 일본인, 검사도 일본인, 변호사도, 통역관도, 방청인
도 죄다 일본인! 도대체 내가 무슨 죄를 지었느냐? 내가 왜
죄인이란 말이냐?'

일본인 검사의 구형과 변호사의 알량한 변호에 분통이

터졌지만 나는 다음과 같은 결론을 내릴 수밖에 없었다.

나는 과연 큰 죄인이다. 어질고 약한 한국 인민 된 죄이로다.

선고 공판 며칠 뒤, 나는 사형을 언도한 미조부치 검사와 담배를 함께 나누며 내가 사형당해야 하는 이유를 물었다.

"당신 같은 사람이 세상에 살아 있으면 많은 한국인이 그 행동을 본뜰 것이라 일본인들이 두려워하고 겁이 나서 편안하게 살 도리가 없을 것이기 때문이다."

그랬다.

그는 일본인이다.

나는 한국인이다.

그는 일본에 충성할 뿐이고, 나는 한국에 충성할 뿐이다. 그리고 지금은 그들의 힘이 우리보다 세기에 나는 그들에게 죽임을 당할 처지에 있다. 이것이 현실이다.

재판 놀이는 끝났다.

주어진 각본대로였다.

그들의 작은 호의에 마음이 움직였던 내가 부끄럽다.

國家安危 勞心焦思(국가안위 노심초사)

국가의 안위를 걱정하고 애태운다1

　미조부치 검찰관을 생각하며 붓을 움직였다. 나도, 그도 국가를 위하는 마음은 차이가 없다. 나라가 다를 뿐. 언젠가 국가 안위를 넘어 세계의 안위를 함께 걱정하는 날이 올 수 있기를 바란다.

---

1 국가의 안위를 걱정하고 애태운다 : 이 글씨는 안 의사가 지극 정성으로 자신을 위해준 야스오카 세이시로 검사에게 써 준 것이나 이 글에서는 이야기의 통일성을 유지하기 위해 미조부치 검사에게 써 준 것으로 바꾸었다.

2 하직 인사

3월 8일, 마침내 빌렘 신부가 뤼순 감옥을 찾았다.

두 동생을 통해 그의 내옥을 청원했지만 성사될 줄은 미처 몰랐다. 감옥 측에서 이를 허락해 준 것도 대단한 일이었다. 민 주교는 허락하지 않는 것을 빌렘 신부가 뜻을 거스르고 왔다고 한다. 나는 너무나 기뻐 정신을 잃을 지경이었다. 돌아가신 아버지와 할아버지, 멀리 계신 어머니를 뵙는 듯했다. 내가 이토를 저격할 즈음 하얼빈에 도착했었을 아내와 아이들을 향한 마음까지 온통 빌렘 신부에게로 향했다.

3월 9일, 빌렘 신부님에게 고해 성사를 하고 다음 날 감옥 안에서 미사를 보았다. 나는 어린 시절 그랬듯 복사 옷을 입고 빌렘 신부를 도왔다. 나를 위한 미사에 내가 복사를 한 것이다. 5년간이나 미사를 보지 못했지만, 찬송 구절 하나하나가 어제처럼 생생히 떠올랐다.

"주님, 조국을 위해 의를 행한 이 가없은 어린양의 죄를 당신의 보혈로 깨끗이 씻어 주소서. 마지막까지 주님을 사랑하고 찬미하는 그를 당신 곁으로 불러 영원까지 천국에 머물게 하소서."

고해 성사와 성제 대례를 행하고 빌렘 신부와 헤어지고 나서 내 맘은 더욱 하느님 곁으로, 아버지와 할아버지 곁으로 달려가고 있었다.

이곳에 더 이상 머무르는 것이 싫어졌다. 다만 동양평화론은 끝내야 후손들이 평화로운 세상에서 살 수 있을 것 같아 이것을 욕심내어 쓰는 중이다.

그런데 3월 25일, 지바 경위가 뜻밖의 말을 전했다.

"내일 아침에 형 집행이 될 것 같습니다."

나는 무겁게 고개를 끄덕였다.

'예상했던 대로군. 동양평화론 쓸 시간은 준다더니……아직 서론밖에 쓰지 못했는데…….'

"구리하라 형무소장님이 선생님께서 동양평화론을 완성할 수 있도록 보름만 더 시간을 달라고 히라이시 고등 법원장님께 청원을 했지만 거절당했다고 합니다."

"알겠소. 고맙소."

지바 경위가 참으로 고맙다. 내가 이곳에 수감되던 날부터 하루도 빠짐없이 내 곁을 지키고 있다. 처음에는 그도 일본인이라 나를 하대하더니 시간이 가면서 나를 대하는 태도가 공손해졌다.

"오후에 형제분 두 분이 오실 겁니다."

"고맙소. 이걸 가이준 스님에게 전해 주겠소?"

나는 막 쓰기를 마친 글씨를 그에게 내밀었다.

사형 선고 이후 친구가 된 '쓰다 가이준' 스님에게 줄 글씨를 쓰던 중이었다. 그는 이곳 뤼순 감옥의 사형수들을 부처님의 품으로 인도하는 교화승이다. 나는 천주교인이지만 그를 처음 본 순간부터 그가 마음에 들었다. 아니, 나보다는 그가 나를 더 마음에 들어 했다. 뤼순 교도소의 그 많은 사형수를 만나는 일정을 소화하기도 힘들 텐데, 하루도 빠짐없이 나를 찾아와 끝도 없이 이야기를 했다.

敏而好學 不恥下問(민이호학 불치하문)

민첩하게 배우기를 좋아하고 아랫사람에게 묻는 것을 부끄러워하지 마라

내 후손들에게도 해 주고 싶은 말이다. 모를 때에는 아랫사람에게 물어서라도 배우는 자세로 살아야 한다. 모르면서도 아는 척하고, 조금 아는 것을 가지고 난 체하는 것은 어리석은 짓이다. 죽을 때까지 열심히 공부해서 나라를 위해 써야 한다.

지바 경위의 말대로 오후에 두 동생이 왔다.

"오늘은 특별히 형제간에 손을 잡을 수 있도록 하겠소."

입회한 미조부치가 선의를 베풀었다.

"정근아! 공근아!"

나는 두 동생의 이름을 부르며 손을 덥석 움켜쥐었다. 그간 철창 너머로만 대화하다가 참으로 오랜만에 혈육의 손을 잡아 본다.

"형님!"

누가 먼저랄 것도 없이 셋의 눈에서 눈물이 하염없이 흘러나왔다. 말없이 손을 움켜쥔 우리 형제는 한동안 그렇게 서로를 바라보고 있었다. 차갑던 두 동생의 손에 온기가 도는 게 느껴졌다.

"음식은 잘 먹고 다니는 거야? 너희가 건강해야 우리나라도, 우리 가족도 지킬 수 있다."

"염려 마세요, 형님!"

온몸의 열기를 두 동생에게 나누어 주고 나니 마음이 차분히 가라앉았다. 그동안 써 두었던 편지들을 정근에게 전했다.

"어머님과 분도 엄마, 홍 신부님과 민 주교님, 그리고 작은아버님과 명근에게 보내는 편지다. 잘 전해 드리거라."

"네……."

역시 착 가라앉은 목소리로 정근이 대답하더니 가져온 꾸러미를 내게 내밀었다.

"어머니와 형수님께서 손수 지으신 옷입니다."

보따리를 풀자 흰 두루마기와 검은 바지, 그리고 신발이 나왔다.

"어머니!"

나는 옷을 품에 소중히 안으며 낮은 소리로 느껴 울었다. 아들의 마지막 가는 길을 위해 한 땀 한 땀 정성 들여 바느질하시는 어머니의 모습이, 남편 없이 아이들을 키우며 고생하는 아내의 얼굴이 눈에 아련했다. 나를 만나기 위해 하얼빈까지 왔다가 헛걸음을 했을 아내와 아이들이 특히 마음에 걸렸다.

그러면서 어머니의 지난 편지 구절이 다시 떠올랐다.

"옳은 일을 한 것이니 비겁하게 목숨을 구걸하지 말라. 속히 하느님 곁으로 가서 이 어미를 기다리라."

'어머니, 먼저 가겠습니다.'

나는 다시 두 동생의 손을 단단히 잡았다. 그리고 다음과 같이 부탁했다.

"내가 죽은 뒤에 나의 뼈를 하얼빈 공원 곁에 묻어 두었다가 우리 국권이 회복되거든 고국으로 반장해 다오. 나는 천국에 가서도 또한 마땅히 우리나라의 회복을 위해 힘쓸 것이다. 너희들은 돌아가서 동포들에게 각각 모두 나라의 책임을 지고 국민 된 의무를 다하며 마음을 같이하고 힘을 합하여 공로를 세우고 업을 이르도록 일러 다오. 대한독립의 소리가 천국에 들려오면 나는 마땅히 춤추며 만세를 부를 것이다."

3 소천

여느 날과 다름없이 익숙한 감옥의 아침이 밝았다.

그러나 오늘은 수의(囚衣)를 벗고 어머니와 아내가 지어 보내온 수의(壽衣)를 입는 날이다. 명절이면 설레는 맘으로 어머니께서 새로 지어 준 빔을 찾듯 오늘 나는 그날처럼 설레는 마음으로 보따리에서 빔을 펼친다. 새 무명 옷감에서 어머니와 아내의 향이 배어 나왔다. 오랜 객지 생활에 거칠어진 내 팔과 다리에 감겨 오는 바지저고리가 어머니와 아내의 손길처럼 한없이 부드럽다. 두루마기는 무릎 아래까지 넉넉히 길고 두터워 온몸을 따뜻이 감쌌다. 그 익숙한 흰색이 천국 가는 내 마음에 더 큰 평안을 가져왔다.

의자에 앉아 기도를 마쳤다.

기쁨이 도도하게 내 전신을 휘감아 왔다.

지바 경위가 아침 인사를 했다.

"경위에게 써 주기로 했던 글씨를 지금 써 주겠소."

그가 황급히 뛰어가더니 오래전부터 준비한 듯 비단 한

폭을 가져다 내밀었다.

爲國獻身 軍人本分(위국헌신 군인본분)
나라를 위하여 몸을 바침은 군인의 본분이다.

지바 도시치가 먹을 갈고 나는 글씨를 썼다. 도시치 경위
의 손이 가늘게 떨렸다.

"당신은 훌륭한 군인이오. 나 역시 군인이오. 우리는 군
인으로서 각자 사명을 다했소. 그것뿐이오."

비단에 쓴 글씨를 받쳐 든 지바 경위의 눈에서 눈물이 홍
수처럼 쏟아져 내렸다. 무언가 말을 하려는데 목이 메어 그
저 컥컥 느낄 뿐이었다.

"그간 잘 보살펴 주어 고맙소. 당신을 위해 써 주는 글씨
가 내 마지막 글씨요. 내가 진작부터 써 주기로 한 것을 왜
잊었겠소."

"선생님!"

도시치가 감정이 격해 머리를 벽에 부딪치며 통곡을 했
다. 그의 눈물에 내 안에 도사리고 있던 불씨가 완전히 사
그라지고 있었다.

"그러지 마시오. 내가 하느님 나라로 가는 잔칫날이니 경

위도 함께 기뻐해 주오."

"제가 선생님 가시는 것을 어떻게 보겠습니까? 저는 도저히 할 수가 없습니다."

"허허허! 나는 죽는 게 아니오. 영원의 나라로 돌아가는 것뿐이오. 가서 준비가 다 됐으니 어서 집행하라고 이르시오."

가까스로 지바 경위를 달래 내보냈다. 어제부터 구리하라 교도소장을 비롯해 감옥의 많은 사람이 내 앞에서 눈물을 보였다.

그런 그들에게 나는 다시 한번 부탁했다.

"내가 이토 히로부미를 죽인 것은 동양 평화를 위한 것이므로 앞으로 일본과 한국이 힘을 합해 동양 평화를 위해 애써 주기를 바란다. 일본에서 안중근의 날을 기념하는 날 비로소 세계 평화가 열릴 것이다."

여기까지 '안응칠 역사'를 마친다.

미완성의 '동양평화론'과 함께 책상을 가지런히 한 후, 의자에 앉아 그들을 기다린다.

나를 애도하기 위해 오는 그들의 발자국 소리가 들린다.

나는 완성되었다.

소설 안중근 해설

　젊은이들과 새로운 생각을 하는 이들이 한 사회의 주체가 될 때 그 사회는 역동성을 갖고 발전할 수 있다. 개인적 영달을 위해 권력 쟁취·유지에 급급한 수구 세력은 이런 혁신 세력을 적대시하고, 외부 세력을 끌어들여서라도 기득권을 놓지 않으려 발버둥 치지만 결국은 와해 되기 마련이다. 그리고 그 신흥 세력은 다시 기득권을 형성해 타파의 대상이 된다. 이렇게 한 사회는 변증법적 발전을 거듭해 나간다.

　대한제국 말기 안중근 의사는 한국과 일본, 나아가 서양의 공고한 기득권층, 제국주의 세력에 대항해 평화를 주창한 선각자였다. 당시 일본은 이토 히로부미를 위시한 신흥 세력들이 혁신을 주도하면서 엄청난 에너지를 갖고 있었기에 안 의사의 평화주의는 설 자리가 없었다. 그러나 서구 제국주의와 견주어 인종적, 문화적, 경제적 열등감에 사로잡힌 일본 신흥 세력은 그 좌표를 제국주의 침탈 이상의 것으로 설정할 수 없는 한계를 지녔다. 이들은 서구 열강을 본떠 이웃을 침략해 정복하는 것으로 열등감을 포장했으며 2차 세계대전의 씨앗을 잉태하고 있었다. 열등감을 이겨내기 위한 파괴적 제국주의의 종말은 우리 모두 알고 있는 사실이지만 그와 같은 제국주의 침략 전쟁이 현재진행형이라 해도 우리가 결코, 그것을 옹호하고 편들 수 없는 것은 인류가 궁극적으로 지향해야 할 것이 무엇인지를 우리는 너무도 분명히 알고 있기 때문이다. 평화 외에 인류가 추구해야 할 궁극의 파라다이스가 어디 있다는 말인가.

"일본은 불과 5년 사이에 반드시 러시아, 청국, 미국 등 3국과 더불어 전쟁을 하게 될 것이니, 그것이 한국의 큰 기회가 될 것이다. 이때 한국인이 만일 아무런 준비도 하지 않는다면 설사 일본이 져도 한국은 다시 다른 도둑의 손안으로 들어갈 것이다."

5년이란 시간 예측만 빼고 중일 전쟁, 태평양 전쟁, 그리고 우리 민족의 분단과 대립의 상황을 이처럼 명료하게 맞추기란 쉽지 않은 일이다. 더욱이 오늘날 EU와 같은 한, 청, 일 3국 지역 공동체를 주창한 점은 그가 동양 및 인류의 평화를 위해 얼마나 고심했으며, 얼마나 예리한 통찰력을 갖춘 선각자인지 알 수 있게 해 준다.

우리 사회는 지금 안 의사가 목표했던 인류 평화 실현의 한가운데에 있다. 지금 우리는 그 평화를 위해 노 저어가는 과정에서 일제의 제국주의 침략 전쟁과 통치를 옹호했던, 지극히 편협한 사고방식으로 돈과 권력에만 매몰된 기득권 세력, 천민자본주의의 높은 파고를 헤쳐나가는 중이다. 여기서 다시 좌초한다면 우리 민족에게 또 한 번의 시련이 닥칠 수도 있다. 우리 청소년들이 안 의사의 평화주의를 깊이 새기고 이를 실현하는 것이야말로 시대의 소명이요, 역사를 바로 세우는 일이라는 것을 명심하기 바란다.

안 의사의 의거는 다음과 같은 역사적 의의가 있다.

첫째는, 사회 지도층으로서 나라가 어려움에 닥쳤을 때 어떻게 처신해야 하는지 모범을 보였다. 그는 지역의 재력가로서 나라의 흥망과 관계없이 안락한 삶을 살 수 있었음에도 전 재산과 가족, 자신의 삶을 포기하면서까지 나라의 안위를 위해 헌신했다. '견리사의 견위수명(見利思義 見危授命)' 이 글은 그냥 글이 아니다. 안 의사가 옥중에서 쓴 그 많은 글귀는 모두가 그의 마음에 깊이 각인되어 그의 삶을 지배하는 신념이자 행동 양식이었다. 안 의사는 생각과 말, 행동이 일치된 삶을 사셨다.

둘째, 우리나라의 독립 의지를 대내외에 천명했다.

1907년 헤이그 만국 평화 회의 참가 기회마저 박탈했던 제국주의 열강에게 안 의사는 보란 듯이 한국인의 기개를 선양했을 뿐 아니라, 당시 제국주의 침략에 시달리던 중국을 비롯한 많은 나라에 자주와 해방의 총성을 선물하였다.

셋째, 국내외 독립운동가들에게 독립운동의 자양분을 제공했다. 이토 히로부미의 주도면밀한 한국 병합 획책으로 한국인 모두 독립의 의지를 잃고 일본의 속국으로 전락할 수도 있는 상황에서 안 의사는 민족의 독립에 대한 열망을 불러일으켰다. 또한, 당시 간도, 상해, 블라디보스토크 등에 흩어져 활동하던 독립운동가들의 활동을 자극하는 계기가 되었다.

안중근 의사 삶의 궤적에서 몇 가지 주목해야 할 지점이 있다.

그 첫째는 천주교 신앙이다. 천주교는 19살 세례를 받은 이후 생을 마감할 때까지 그의 삶의 정신적 지주였다. 서양과 동양을 대립 관계로 인식한 그가 서양 전래 종교에 귀의한 것은 언뜻 모순되어 보인다. 그러나 당시의 시대상을 이해하면 안 의사의 천주교 수용은 최상의 선택이었음을 알게 됐다.

21세기를 살아가는 우리가 자기 정체성 찾기에 골몰하

는 것보다 안 의사의 시대에는 자기 정체성에 대한 갈등이 몇백 배 컸을 것이다. 문화적·인종적 열등감, 유교적 전통에 대한 회의와 새로운 종교의 전래, 민족적 자긍심의 훼손 등등. 이런 시기에 내 것을 지키기란 참으로 어려운 것이라는 것을 조금 살아 본 사람들은 안다. 아니, 지킬 만한 내 것이 아무것도 없다는 자기 비하 혹은 열등의식 속에서 한국 사람들은 그저 숨죽인 채 제 한 목숨 지키기에 바빴던 시대였다. 애국은커녕 변절해서 민족을 팔아먹지만 않아도 다행인 시대였다. 가족과 함께 살아남는 것만으로 애국하는 것이요, 자기 역할을 다 하는 것이었다.

천주교가 없었다면 안 의사 역시 그렇게 살다가 간 수많은 한국인 중 하나였을 것이다. 그러나 안 의사는 천주교를 접하면서 세상에 대해 새로운 시각을 갖게 된다. 만민 평등, 천국 영생, 무한 사랑의 천주교 교리는 청년 안중근의 세상에 대한 뜨거운 열정, 채워지지 않던 영적 가뭄을 해소하는 단비와 같은 것이었다. 그는 몇 년 동안이나 이 복음에 환호하고 배우며 이를 주변 사람들에게 전도하기 위해 애썼다.

신앙을 키워 가는 동안 그는 서양과 서양인의 실체에 대해 눈을 뜬다. 그래서 신부들과 반목도 하고, 서양의 침략에 대한 동양의 대응 방안에 골몰하기도 하지만 마지막까지 버리지 않은 것은 천주교 신앙이었다. 이 신앙이 있었기에 그는 흔들림 없이 거사를 감행하고 순국할 수 있었다.

안 의사의 삶을 지탱해 준 것이 또 하나 있다. 천주교 신앙을 갖기 전 안 의사는 할아버지와 아버지, 다섯이나 되는 아버지 형제들의 사랑과 관심 속에서 컸다. 사촌들과의 교분도 두터웠다. 청계동 고을 전체가 안 의사 일가의 터전이었기에 안 의사는 청계동이라는 안락한 울타리에서 마음껏 호연지기를 키울 수 있었다. 특히 유년 시절 할아버지의 극진한 사랑과 체계적인 교육은 안 의사를 지적인 토대와 꿋꿋한 의지를 갖춘 무인으로 만드는 데 부족함이 없었다. 아버지의 명성에는 이르지 못했지만, 유년기부터 청소년기까지 한학을 하고 서예에도 조예가 있었기에 감옥에서 수많은 유묵을 남길 수 있었다. 또한, 그는 원래 호방한 성격으로 가만히 앉아 학문하는 것을 좋아하지 않았다. 굳은 의지와 강한 체력, 세상에 대한 통찰력과 유창한 언어 구사력, 투철한 정의감 등 안 의사를 형용하는 자질들은 모두가 위와 같은 대가족하의 깊은 사랑과 유대 관계에서 비롯된 것이다.

안 의사의 삶에서 빼놓을 수 없는 것이 동학과의 관계이다. 안 의사는 자서전에 동학당을 매국 단체인 일진회의 근본 조상이라고 표현하며 매우 미워하였다. 동학 혁명으로 우리 땅에서 청일 전쟁이 벌어졌고, 결국 일제에 나라를 뺏기는 빌미를 제공했다는 것이다. 소규모 지역 단체에 불과하던 송병준의 '유신회'가 동학의 정치 참여 세력이었던 '진보회'와 연합하면서 비로소 전국 규모의 일진회로 성장하고 본격적인 매국 활동을 벌인 것은 역사적 사실이다. 안 의사는 나라를 지키기 위해 동학군과 전투를 했다. 그리고 독립운동을 하는 내내 일진회로 인해 시달림을 당하였다. 그가 동학을 미워하는 이유는 충분하다.

오늘날 우리는 동학도나 안 의사 일가 모두 외세 배격을 부르짖으며 국권 수호 운동을 한 독립운동의 주역들로 인식하는 것이 일반적이지만 당시 이들 간에는 현격한 거리가 있었던 것이 사실이다. 안 의사 일가는 양반가로 기득권(왕권)을 지키려는 입장이었던 데 반해, 백범 김구를 비롯한 동학 혁명 세력은 신분제 폐지, 국정 개혁, 외세 배격 등 체제를 부정하는 보다 혁신적 세력이었기에 통합된 근대화의 방법을 찾기가 어려웠다.

안중근 일가가 기득권층에서 혁신 세력으로 탈바꿈한 것은 외국의 침략으로부터 국권을 지켜야 한다는 민족의식이

발흥 되면서인데, 이것은 안중근 일가의 주거지 이동에서도 읽을 수 있다. 갑신정변의 화를 피해 청계동으로 이사하고, 그곳에서 생활할 때까지는 민족 주체성이나 외세에 대해 뚜렷한 의식이 없었다. 천주교 귀의, 동학군과의 전투도 이 시기에 일어난 일이다. 그러나 을사조약의 체결과 함께 진남포로 이사하면서, 아버지 안태훈의 상을 당하고 가장으로 자립하면서 비로소 민족의식이 싹트기 시작했고, 조국 독립을 위한 활동을 시작하게 된다. 진남포에 학교를 세우고 국채 보상 운동에 참여하는 일 등이 소극적 독립운동이라면, 1907년 '정미7조약' 체결로 블라디보스토크로 망명하는 것은 한국 독립에 헌신하려는 그의 의지가 극적으로 표현된 사건이었다.

안 의사의 이토 히로부미 저격에 대해 당시 일본 언론은 안 의사를 '광견' 혹은 '폭도'로 규정했다. 그들에게 이토 히로부미가 근대화를 이끈 선각자라면, 우리에게 이토는 주도면밀한 침략자이자 모사꾼이다. 그들이 이토의 죽음을 놓고 국장을 치른다고 전 세계를 향해 호들갑을 떨 때 우리는 세상에서 가장 용감한, 서른두 살 꽃 같은 한 젊은이의 희생에 대해 마음으로만 애도를 표해야 했다. 다행히 국권을 되찾아 우리는 이토의 국장 이상으로 안 의사에 대한 흠모의 정을 표할 수 있게 되었다.

완전한 인간.
흐트러짐 없는 인간.
예수가 그랬고, 부처가 그랬듯, 죽음 그 자체가 삶의 완성이었다.
더 이상 살아 있는 것이 의미 없던 시절, 그는 아름다운 꽃으로 만개했다.
그때와 같이 지금도 지구상 인간들은 인종·종교·경제·문화적 편견으로 여기저기서 분란을 빚고 있다.
그 분란을 향해 안 의사는 조용히 말한다.
"서로 사랑하라."
진정한 휴머니스트였음에 우리는 지금 그를 기리며 목멘다.

안중근 연보

1879년 1세 9월 2일 황해도 해주에서 부친 안태훈,
　　　　모친 조마리아 사이에서 장남으로 태어남
1884년 6세 황해도 신천군 청계동으로 이주
　　　　서당에서 한학 교육을 받음
1892년 14세 조부 안인수 별세
1894년 16세 김아려와 결혼
　　　　동학군과 싸워 이김
1897년 19세 천주교 입교 세례받음(세례명 '도마')
1902년 24세 장녀 현생 출생
1905년 27세 중국 산둥반도, 상해 방문함
　　　　부친 안태훈 사망
　　　　장남 분도 출생(12세에 사망)
1906년 28세 안중근 일가 진남포로 이주함
　　　　재산 정리하여 삼흥학교, 돈의 학교 세움
1907년 29세 서북 학회 가입
　　　　국채 보상 운동 참가

석탄 광산 사업을 위한 삼합회 설립

간도를 거쳐 블라디보스토크로 망명

청년회 임시 사찰로 활동

2남 준생 출생

1908년 30세 의병 참모 중장이 되어 국내 진공 작전을

실시하였으나 실패

1909년 31세 단지동맹 결성

10월 26일 하얼빈역에서 이토 히로부미 사살

1910년 32세 2월 14일 사형 선고받음

자서전 「안응칠 역사」 탈고

3월 26일 순국

소설 안중근을 전후한 한국사 연표

1876년 강화도 조약 체결. 일본에 강제 개항

1882년 임오군란, 일본과 제물포 조약 체결

1884년 갑신정변 발발

1894년 동학 농민 운동, 청일 전쟁, 갑오개혁

1895년 을미사변, 을미개혁

1897년 대한제국 수립

1902년 간도 관리사 파견

1904년 러일 전쟁 발발, 한일의정서 체결

1905년 을사늑약 체결

1906년 통감부 설치

1907년 국채 보상 운동

　　　　고종 강제 퇴위. 순종 즉위

　　　　한일 신협약 체결

　　　　헤이그 특사 파견

　　　　신민회 창립

1910년 8월 29일 한일 병합 조약 체결

〈참고문헌〉

안중근, 『안중근 의사 자서전』, 범우, 2014.

김삼웅, 『안중근 평전』, 시대의 창, 2009.

박삼중·고수산나, 『영웅 안중근의 마지막 이야기』, 소담주니어, 2015.

정일성, 『이토 히로부미 알려지지 않은 이야기들』, 지식산업사, 2002.

안중근의사기념관 인터넷홈페이지 http://www.ahnjunggeun.or.kr

(사)안중근숭모회 인터넷홈페이지 http://www.patriot.or.kr